好姑娘光芒万丈

老妖——著

北京联合出版公司
Beijing United Publishing Co.,Ltd.

图书在版编目（CIP）数据

好姑娘光芒万丈/老妖著. —北京：北京联合出版公司，2017.1

ISBN 978-7-5502-8471-5

Ⅰ. ①好… Ⅱ. ①老… Ⅲ. ①随笔—作品集—中国—当代 Ⅳ. ①I267.1

中国版本图书馆CIP数据核字（2016）第212154号

好姑娘光芒万丈

作　　者：老　妖
责任编辑：杨　青　徐秀琴
特约策划：徐彭欢
封面设计：付诗意

北京联合出版公司出版
（北京市西城区德外大街83号楼9层　100088）
北京鹏润伟业印刷有限公司印刷　新华书店经销
字数207千字　880毫米×1230毫米　1/32　9印张
2017年1月第1版　2017年1月第1次印刷
ISBN 978-7-5502-8471-5
定价：36.80元

目录

DAY2
做一个还不错的普通人 —— 045

DAY3
087 —— 愿我们彼此终得圆满

DAY4

为喜欢的事多花些力气 —— 129

DAY5

167 —— 你勇敢，世界就会让步

DAY6

不说永远，只说珍惜 —— 199

DAY7

231 —— 昨天太近，明天太远

代序

别人说的荒唐 是我向往的天堂

01

有一次我对老妖说，当有一天你认真回望今天走过的道路，一定不会后悔此刻的选择。那时她还在老家做着一份普通的工作，正在犹豫自己是否要来北京。

我一直都觉得老妖是个战战兢兢的姑娘，活得憋屈。我曾经在自己的故事集《我知道你没那么坚强》中写过她的故事，她的童年、少年时光过得艰难，艰难到很多人都以为我只是在写小说，质疑现实中怎么会有这样的人。

我们总是拿着自我的判断去衡量许多事情，就好比老妖曾经也觉得自己配不上这个世界，觉得自己没有能力，觉得自己不漂亮，相比内心的笃定，她的不确定则多得多。

哪怕她已经在网络上小有人气，她的第一本书也即将面世，她依然会写自己如此彷徨和慌张，害怕担不起这份别人的关注和喜欢。这不仅仅是内心的自卑，也源于她的曾经，这不是她的错，是这个世界曾经对她刻薄相待。

但难得的是，她成长的路没有走歪，她有一个公众号，名字叫“好姑娘光芒万丈”，在她的内心里，一直都期望可以做一个好姑娘，希望光芒万丈。

可这个世界上，哪里有所有人都喜欢的好？哪里有人能一直发出耀眼的光芒？不过是内心的一份希冀，好让我们一直向前不断地努力。

老妖或许不是我见过的最努力、最成功的后辈，却算是最真的，这种真，体现在了她的这本书里。

02

我看这本书时，一直都有一个感受，那就是谁都不容易。

我也不算是一帆风顺的人，小时候偏科严重，高中在外地借读，有一种爹不疼娘不爱的感受，成绩在班上不算优秀，活动自己也不爱参加，学习压力又格外大，没有什么朋友和业余爱好，只喜欢读书写东西，微微有些自闭的我远不如今天看起来活得游刃有余。

只是，在这样的时候，我与自己最美好的年华做了邂逅，遇到了写作，它为我打开一扇大门，远比现在的所得要丰富得多，那时我第一次觉得自己完全真实，第一次将内心交付给了书写，那时的我，虽然渺小，却觉得自在。

老妖在这本书里也提到了自己如何走上写作道路，看起来经历与我有类似的地方，我曾经问过很多作者，他们写作的初衷都源于表达自己，表达自己心中最想说的话，以及在许多事情上的真实感受，如果你让我推荐老妖的这本书，我会说，它足够真实。

我曾经把这一点用在了自己的书上，写作都源于写自己，老妖的第一本书就是在写自己，她写自己的年少经历，写自己的挫败和无助，写自己来到北京的彷徨和迷茫，写自己在工作之后的所得和感受，她用非常平实的语言为读者勾勒出一个活生生的人，这其中有她，也有我们。

书中的这个人，不美好，不特别，不优秀，甚至还有许多内心的小阴暗面，我们看多了赞扬人性、书写光明的文字，在看到老妖这本书之前，同类型的书籍开始饱受诟病，但好在依然有这样的文字，完全“剖开”自己，将好的坏的都展现在你面前，她用自己的故事告诉你，她是如何这样一路走来的。

03

我和老妖相识在2014年，那时我重回豆瓣，通过书评工作认识了她。

后来我们又在同一个作者群里，老妖是最活跃的那一个，我经常调侃她工作不饱和，她也不生气，与许多作者聊天打趣，聊得火热。老妖是勤奋的作者，总在豆瓣发表书评，开始逐渐有人气，她热热闹闹地和别人相处，心无城府地和人沟通，在别人眼里，她没什么心眼，也乐于帮助人，人缘不错。

认识得久了，她开始和我说起自己的故事，我才知道她的成长经历如此坎坷，于是我在写下姑娘系列的文章时，其中就写到了她的往事。没想到从这开始，在我和她之间有了更多的来往，她在豆瓣被人误解、被人中伤，在工作中被人利用，她的好性格反倒成了别人的武器，我都一一看在眼里。

坦白讲，每个人都不容易，无论是我们的朋友，抑或陌生人，若说这个世界上真有一帆风顺的人，或许也只是寥寥无几。你我都是普通人，做一点普通的事情，我曾经说，既然我们都做着普通的事情，或许也无法改变世界，那为何不做一些自己爱做的事情呢？

老妖到了北京后，我们见面的机会就多了起来，我不太和她说正经的话，一般都是瞎聊，她换了工作，换了房子，签了书，重大的事情我几乎都知情或参与了。看着她一路走来，我总是在想，如果她曾经没有勇气选择来到北京，现在该过着怎样的生活呢？

她曾经对我说，如果没有来到北京，现在她应该已经找了个男人嫁掉了，和他们家乡的同龄人一样，结婚生子，过着日复一日的日子。言语间她庆幸自己的选择，但仿佛又患得患失，每一个人，选择了怎样的生活，就要为此付出相应的代价。

你选择了安逸的生活，那么就要受得住寂寞和平庸，踏踏实实过自己的小日子也不错；如果选择在外打拼，就要受得住挫败和曲折，用尽全力为自己的目标奋勇前进。怕的不是无法选择，怕的是选择之后依然在抱怨。

懂得这个世界上没有两全其美的事，学会权衡和面对，是我们成长的第一步。

04

错过一个季节不可怕，可怕的是在那些快速更迭的时光之中，没有留下一丝值得记忆的痕迹，哪怕是痛苦和迷茫，浑浑噩噩，不知方向。

我其实是羡慕老妖的，这一点我从没有和她提过。我已经过了真实坦白书写自己的年纪了，当年岁渐长之后，总是反反复复谈自己是件让我觉得微微尴尬的事情，我不再写与自己有关的事情，不再描述与自己有关的心情，我开始慢慢将自己隐藏在写作背后，虽然也观望自己，但也学会了沉默。

但老妖依然还在我曾经最炽热的时光之中，她与我曾经一般，勇敢无畏，热情直接；她与我一样，写得畅快淋漓，甚至不留余地。我羡慕的不是她取得的成绩，而是她依然还在人生最美好的光景里，做着自己喜欢的事情，她比曾经的我更懂得自己想要的是什么。

我之前写，生命中最难的是你不懂得自己，后来老妖去见了心理医生，写下了文章，坦然接受了自己生命中的脆弱和无力，她把这些归于直面自己。坦白讲，我敬佩她的这种勇气。她说，曾经因为自卑，因为没有人鼓励，而扮演出别人喜欢的样子，虽然得到了许多，但依然觉得彷徨，仿佛失去了真正的感受。而今不愿意再扮演任何人，只是想做好自己。

我有过担心。我说一个人真正做自己，也许会招来更多的非议，生存在这个世界上，我们需要扮演许多角色，为了满足别人的期待，也为了自己内心所谓的梦想。但后来我被她说服了，做不做自己，依然有人不喜欢你，与其这样，干吗不让自己顺心一些呢？

我已经不再总谈梦想了，也不再总说奋斗努力的意义，但大家依然需要被安慰和鼓励，这个世界依然需要正能量。当有人愿意为你讲述自己的故事，并且告诉你这其中发生的种种心路历程时，谁说这不是一种难能可贵的分享呢？

人总是这样，在各种得失之间，才能真正知道自己想要的究竟是什么。

05

活成一个真实的作者模样，让你知道，这个世界上，真的有这样一个人，为了自己心中向往的生活，经历过艰难，饱受过非议，煎熬过迷茫，最终依然还在这条路上。

我想让每一位读者都知道，这本书不仅仅是普通的正能量文章，而是在这其中有着一股莫名的感动，源于老妖对于生活的执着和向往，是她在经历了那些难堪之后，依然相信这个世界的美好，依然觉得自己可以做得更好。

所以，别总去怀疑，多用心去体会，怀疑可以产生真相，但往往那些真实其实就在你身旁，你视而不见，兜兜转转最后又会察觉，但时过境迁，一切就会变得不一样了。

我曾经也经历过不被理解，不被接受，我曾经也一度推翻自我想重新来过。我们都活得不容易，但是在这份艰难的背后，是我们内心深处的不妥协。

那些旁人的冷眼相待，反而能够激发出斗志；那些嘲讽的冷枪暗箭，最终都会变成前进的动力。关键不是别人如何看待自己，关键是自己如何消化它们，并且把好的坏的都放在心底，暗自说一句，咱们走着瞧。

06

本想写一篇正儿八经的序言，没想到写成了老妖生平回忆录（哈哈），没办法，作为老妖的朋友，我不能过于主观地评价这本书，它像是我自己的作品一样，有满满的期待，我一直视如己出。

2015年我们都过得格外忙碌，我经常出差，老妖换了工作也有了新的施展空间，我们已经很少长时间聊天，有时说话也是有一搭没一搭，我不遗憾朋友逐渐与自己远去，相反我欣然看到她的这种转变。

因为她不再需要别人的认同来寻找自己的存在，也不用再刻意用“好人卡”来获得赞扬；她终于可以有自己的小性子，也会偶尔耍个小脾气；她在别人眼中开始变得不那么热情开朗，也不经常再找人聊天，有人和我说，老妖现在红了，所以拽起来了。我否定说，她只是开始做自己了。

一个人，真正接受了自我，就不会过于在意旁人的目光，也不会为了满足别人的期待而活，这本书就写于这样的时间。你读罢就会发现，她一路走来的心路历程一直都在改变，她从未说过自己要变得多么强大和成功，她只是暗自在想，如果可以，她愿意变得更加美好，更加真实。

这本书，有爱有恨，有笑有泪，有刺痛有解脱，有曾经有未来，期望各位读者都能和我一样，看看这样的文字，明白作者是一位怎样的姑娘。

别怕年少轻狂，别怕迷茫慌张，其实啊，那只是少有人走的路，我们走得战战兢兢，但也不想回头。

谁说我们现在做的事情就注定永远荒唐，你可知道，别人眼中的荒唐，是我们向往的天堂。

这么远那么近

2016年2月1日

DAY 1

以自己喜欢的方式去生活

如果你愿意，回头看看自己走过的路，有多少是顺从内心，有多少是迫不得已。

当我们开始被这个社会推着向前跑时，又有几次不自知地跌倒，又一次次站起来。

我们都不再是曾经的模样，我们都要面对生命中诸多的无奈和选择。

你是否能抵得过旁人的目光，你是否能自问无愧于心。

平常的人生，不过生老病死。

最好的生活，无非顺心二字。

你选择的，往往正是你内心最想要的

01 ///

我和元宝的相识很有意思，大二的时候，我和小伙伴一起去向新生兜售电话卡，站在学校门口勾搭来往的新生，结果通通被无视！学弟学妹们也忒不给学姐面子了好吗！

正焦躁着呢，见了个白白净净的小帅哥，就直接两眼放光地扑了过去：“帅哥，要办电话卡不？省得你跑老远去移动大厅哦，价格更便宜哟，走过路过不要错过哟。”

元宝很淡定地看了我一眼，然后就默默地掏了钱，成了我的第一个顾客。

于是他便常常打趣，他来大学认识的第一个人就是我，还是因为我跟他卖电话卡。

后来他又很巧合地进了我们的社团，很快就在一起吃饭吹牛中感觉到了彼此内心深处的逗逼本质，很快地勾搭在一起——吃饭喝酒吹牛。

元宝个子不矮，长得白净，又瘦，看起来像个小孩，我总是拿他当哥们儿，他总是叫我老徐。

元宝的理想是做一个导演，他疯狂地迷恋电影，看起电影来很是凶猛，我们的熟悉很大程度上是因为我看片的口味比较诡异，经常找些奇怪的片子来看，看完了之后觉得好，便推荐给他。于是，他隔一段时间就问我，最近有没有发掘出什么好东西，问我要种子。

有段时间我对同性恋很感兴趣，找了很多这种题材的片子，然后兴致勃勃地给他推荐了《霜花店》《罗马的房子》等好多同类型的电影，于是过了一段时间他很困窘地告诉我，他看这种片子看多了，开始怀疑自己的性取向了，差点没把我给乐死，不怀好意地撺掇他赶紧出柜。

大学那会儿，我们是真的很要好，他和我，还有另外一个学长猪哥，总是腻在一起玩儿。

他们也从来不拿我当女生看，在一起喝酒吃饭唱歌说黄色笑话，然后故作震惊地说："哎呀，你难道不是纯洁的小女生吗？怎么可以这么黄这么暴力？"然后一起嘲笑我这辈子估计都没有嫁出去的希望了。

我们还曾经一起结伴去天堂寨旅游，在原始森林里到处走，对着大山狂吼乱叫，我比他们两个大男人爬得更起劲，还兴致勃勃要他们陪我坐空中索道，结果两人很没出息地都果断拒绝而被我嘲笑很久。

几个人无组织无纪律地把身上的现金花得一干二净，连车费都没剩下，于是只好祈求大巴车的师傅带我们出山，然后到了县城找个银行门口放我们下去取钱，想起来都还觉得丢人。

那时候，是真的开心，可以肆无忌惮地谈天说地，互相打击和吐槽，无目的地在合肥的街头上乱走，干一些二逼哄哄却很有意思的事情。

那时候室友总是拿我和元宝打趣，说你们关系那么好，干脆在一起相互凑合凑合得了。

吓得我们连连摇头，我说："我才不会喜欢这种毛孩子。"他说："我才不会喜欢这种男人婆。"

或许正因为知道彼此都不是对方喜欢的类型，便来往得更加坦荡，即使一起勾肩搭背出门逛街看电影也不会感觉别扭。

02 ///

自从大二认识了之后，我们在一起打发了很多无聊的日子。

毕业的时候我留在了合肥，为找房子发愁。

刚好那时候元宝打算租房子准备考研，于是便和他还有他同学以及他同学的女友以及我同学，五个人租了一套房子。

都是年轻人，便过得很热闹，有时候大家会在一起做饭，我那时候炒菜炒得很糟糕，元宝总是说："老徐炒菜就是卖相不好，味道还是可以的。"

我在家投简历，每天化好妆踩着高跟鞋出去面试，元宝在家看书复习准备考研，其他人都有工作。

没有面试的时候，往往就剩下我和元宝两人在家。

他在房里看书，我在房里不停地焦躁地刷网页投简历。

有时候他会来我房里说几句话，有时候我会去他房里说几句话。互相抱怨几句，吐槽几句，或者八卦几句，然后他继续回去看书，我继续回去刷简历。

他那时候决定考研，而且是北影导演系。

刚认识的时候，这孩子就说自己喜欢电影，想要在以后成为一个导演，还买了很多书来看，势在必得的样子。

有空的时候，我们在一起聊天，他跟我说他的导演梦想，说他想去北京，想自己有一天能够拍出好电影。有时很困惑，觉得自己能力不足，没有资本，怕自己目标太高。

他总是说："老徐，你觉得我用几年能够考上北影导演系？"

我说："你打算用几年考上？"

他很坚决："不管了，我打算考两年，要是考不上的话，我就去北漂，从最底层开始混，总有一天能够混上导演。好多导演都是混出来的啊，我觉得我也行。"

我说："好啊，你下定决心就好。"

在很多人眼中，元宝是个不现实的孩子，他们觉得他的理想太空太大，电影圈哪有那么好混，没钱没权没人脉，北影的研究生更不可能是多看几本书就能够考得上的。

可是我总是天真而乐观地觉得，人嘛，活得那么现实做什么，在年轻的时候，想做什么就去做好了，这世界任何事情其实就是不可预料的，或许有一天，真的就什么都能发生了呢?

那时候的元宝同学，真正是信心满满，他心中那个关于电影、关于导演的梦想，似乎很遥远，又似乎很清晰。

那时候的我，满心想要留在合肥，后来终于在房地产网站找到了一份工作，每天埋头于做网站新闻和网络专题。

我那时候的梦想很简单，不过是有一份能够养活自己的工作，能够在闲的时候写些东西就好。

03 ///

可是谁知道后来，爸爸突然生病。在医院知道消息的时候，我手足无措地给元宝打电话。

元宝赶到医院的时候，我一个人坐在楼梯口哭得惊天动地，他从没见我哭过，都快吓傻了，只知道愣愣地看着我。

再后来，我仓促回家，连行李都落在屋子里没有收拾，房租水电费都没有交，后来知道是元宝帮我垫付了。而所有的行李，都是他同和我一屋的妹子帮我收拾的，用快递给我寄了回去。我虽然坚持还了他们钱，但我特别感激，作为朋友，那时候，他们给我的关怀。

后来，我留在了家里工作。很长时间自闭得厉害，不愿意跟任何人联系。

等我终于恢复正常，重新变回那个充满逗逼气质的中二病患者的时候，才开始和元宝重新联系。

那时候已经是第二年了，我才知道，他并没有去考研，而是有了女友，已经开始工作。

我们偶尔在QQ上聊天，互相报告近况。

他说："找了一个女朋友。"

他说："要对女朋友负责，考研太不现实了。"

有时候他也很困惑，说自己跟女朋友商量，还是想去北京闯荡个一两年，看能不能有机会混进电影圈。

我说："很难，你要考虑清楚。你女朋友支持你吗？"

他说："她倒是随我，我考虑考虑。"

我便打趣："哎呀，你这孩子真有福，找了个好姑娘啊。"

他说："那是因为我自己本来就是好男人好吗！"

过了些日子，他又来告诉我："不打算去北京了，打算回到家乡工作。"

我说："为什么呢？你不是一直想去北漂吗？"

他很郑重："女孩子跟了我，总不能让她跟我一起吃苦，在家里的日子虽然平淡，但至少能够让她过得舒服一点。"

元宝的家境还算小康，若是他选择回家，自然是会有份舒坦的工作，吃喝都有父母照管不需操心，连未来的婚房爸妈都早已为他准备好。

他说："我要对人家负责啊。"

我便笑："小孩子啥时候变这么成熟了啊？"

他很严肃地反驳："我一直都很成熟啊，是你总是拿我当小孩子。"

仔细想想也确实是，我一直拿他当作小弟弟，总以为他还没有长大，却没有料到，当初那个小孩子，已经在不知不觉中长成靠谱好男人了。

他有时候也会劝我，赶紧找个合适的人嫁了。

我说："我不想。"

他便笑："你是不是心里还放不下动漫社的那个谁谁谁啊？"

我也笑："滚蛋，才不是！"

他问："那为什么？"

我说："我也不知道，我只是觉得，我想要的，不只是这样。"

他说："哪样啊？"

我说："就是在家待着，然后找人结婚生孩子，上班，带孩子，这样。"

他笑："这样的生活也很好啊，我以后就是那样子。我现在觉得家人在一起过得简单快乐就好了。"

我想了想说："可能我突然发现，我想要的东西更多，而家里并不能满足我。其实我并不确定自己想要做什么，只是想要出去看一看，去尝试尝试很多自己感兴趣的东西，看看自己究竟拥有多少潜能。"

他说："你野心那么大啊？"

我说："是啊，你看，我们现在的想法刚好换过来了，人生还真是很奇妙呢。"

后来，我决定来北京。

他知道了之后赶紧来问我，是不是真的。

我还是一副死不正经的样子跟他嘚瑟："是呀是呀，姐姐要去北漂了哦，有没有很酷。"

他继续问："工作找到了吗？"

我说："找到了呀。"

他问："哪儿找的呀？"

我说："豆瓣。"

他问："房子呢？"

我说："也是豆瓣上找的。"

他问："工资多少？"

我说："不知道呢，反正刚入行，没多少吧，不过应该不会饿死啦。"

他问："……就这样，你就敢去北京？"

我说："是呀，为什么不敢啊，我想去啊。"

他问："你就不怕被人骗了？"

我大笑："谁骗我干吗啊？再说了，哪有那么多坏人！"

他对我彻底无语，只好絮絮叨叨地关照我："在外面要小心啊，不要总是那么二啊，不要总是说话那么直不过脑子啊，要聪明一点啊，要照顾好自己啊，不要随便相信别人啊，小心一点啊……"

我随便应付他："知道了知道了，我没钱了会找你借钱的。"

我有时候发状态，说自己在北京见到了谁，干了什么事儿。

他总是认真地回复："真羡慕你啊，好棒，要好好干，加油啊。"

偶尔说起自己的辛苦，又做错事说错话，跟他抱怨又得罪人了还不自知，他也会劝我几句。

我想，他的心中，或许仍然有遗憾，自己没有能够来北京吧。

来北漂一直是他大学期间的梦想，而最后，却让我不经意间实现了，他便格外地关心我在北京过得如何，他也是真心希望我能够过得好，能够去经历一些他没有机会去经历的精彩。

说起我在北京的生活，我说还不错啊，目前来说，可能有些小麻烦，但总体而言还算很好啦。

于是便开始感叹，说起来真是奇怪，当初我从未想过来北京，而他一直心心念念的却是来北京混电影圈。可是最后的结果却是，我一个人来到了北京开始混出版圈，而他却留在了家里做一份安稳踏实的工作。

04 ///

很长时间里，我都是个没有什么想法的人，觉得日子过得去就好，总是一副对什么都不上心无所谓吊儿郎当的样子，而他却永远野心勃勃，喜欢描绘自己关于未来的种种幻想，曾经也坚定执着地想要独自闯荡一番。

但是最后，我们都与最初的设定南辕北辙。

他说：“我今年也要订婚了，估计以后就留在家里照顾父母了。”

他说：“虽然和想象中不一样，但是也挺好。”

那一刻，我突然间明白过来。

其实，一个人所做的任何选择，都是自己内心最想要的东西。

如同元宝，对他而言，梦想固然重要，但是与女友以及父母相比，他还是选择了后者。他当然可以抛弃所有，独自一人来到北京闯荡，开始为了自己的梦想去奋斗去拼搏，或许真的有一天，他能够获得成功。

可是如果那样的话，便意味着要放弃爱情，他并不敢保证，自己有能力在巨大的北京城里给女友一份安定的生活，也不愿意让已经年迈的父母为自己担心害怕，让他们永远在空荡荡的屋子里等待自己一年或许只有一次的归来。

很多人总是理直气壮地说：“人的一生只有一次，应该尽可能地去活得精彩而漂亮，为了自己的梦想而努力拼搏，而不应该困顿在父母身边，过一份重复而没有意义的日子。”

——可是，谁说那种在小城市里过得踏实富足，可以同父母妻子儿女相伴，每天悠然自得，即使赚钱不多、日子单调却平静满足的生活一定没有意义呢？

生活本来就有很多种样子，谁都没有资格去妄自评判谁的好一点，谁的坏一点，不是吗？

并不是每个人都一定要为一个梦想而活，也并不是每个人所追求的东西都一定在远方才能获得。

即使你在大城市里为了所谓的梦想而打拼，也没有资格嘲笑那些留在父母身边的小伙伴。

他们选择留下，并不是因为懦弱或者不够坚定，他们也曾经有过对未来的期许，只是与自己的那些曾经有过的梦想相比，他们心里更在乎的，是能够同家人同自己的爱人朝夕相处，能够时时刻刻陪在他们身边——对他们而言，这些才是最重要的。

所以，谁都没有资格去嘲笑谁，谁也没有必要去羡慕谁。

如果你选择留在了家乡，即使有些无奈被亲情和爱情羁绊了，可是，那是一种甜蜜的羁绊不是吗？

或者你选择了在异乡拼搏，远离家人，独自一人生活工作，在寻找爱情的路上磕磕绊绊，可是，那也是你自己愿意承受的结果，不是吗？

我先前总是以为我们走的路，有时候只不过是巧合，后来才发现，这世界上根本就没有偶然，所有事情的发生都有一定的因果。

元宝和我，看似在不经意间调换了生活方向，而实际上，关于我们对如今生活的选择，其实很早就能够寻觅到踪迹。

比如我们在一起玩儿的时候，我总是看似一副无所谓的态度，而实际上一旦做了决定，就会直接向前横冲直撞，而元宝却总是考虑了又考虑谨慎了又谨慎。

如同那次我们一起去天堂寨爬山，我看着凌空的高空索道，兴奋得整张脸都通红，而元宝却死活都不肯上去。

我喜欢冒险，喜欢尝试新的东西，不觉得失败是件可怕的事情，而元宝，却喜欢做安全的能够掌握住的事情。

他家境富足，父母对他呵护备至，而我，却差不多算是没有多少牵挂，我对家没有依恋，自然不会因为家人留下，我也没有一个让我愿意为他留下的人。

我想，即使是有机会重新选择，元宝也依然不会后悔。对他而言，如今的生活虽然多少有些遗憾，但仍然是快乐并且满足的。他会有很幸福的家庭，会成为一个好男人，一个好丈夫，还会在未来成为一个好父亲。因为他当初的选择，并不是出于被逼无奈，而是他明白，他更割舍不下的，其实是这些温暖和爱。

或许，在未来的某一天，他会告诉他的儿子，你爸爸啊，以前还想着或许能成为电影导演呢！而我，现在在北京，也依然不会后悔我的选择。

即使在北京，我有了一点小麻烦，我依然很迷茫很困惑自己未来的路要怎么走，我觉得很焦躁，感觉自己什么都不会，觉得时间不够用，自己很差劲，什么都做不好；可是我相信，我能够将这些问题一一解决，因为在来到北京之后，我也终于渐渐明白，我内心想要的，是关于一个很遥远很艰辛的梦想，我知道我需要付出很多努力才能靠近它，可是，我依然无比笃定自己能够在未来的某一天，真的走到它的面前。

愿我们每个人，都能够拥有自己想要的生活。

人应该满足的，是自己最真实的期待，而不是世人眼中的标准或者主流的价值观。

而最难的，其实不是如何去选择，而是你是否真正知道，属于你内心的，真正想要的东西是什么？

我不想做一个
自己都看不起的人

去年的春天，我还在老家。做着一份每月两千块的办公室文职的工作，有些不甘心，觉得自己无法接受一辈子窝在小县城混日子的人生。每天都愁云惨淡，却又不知该如何是好。

有一天下班的时候，路过花卉市场，恰逢各个摊主都准备关门，阴暗的天气里，看着那些色彩缤纷的郁金香、茶花、风信子以及各种形状和浓淡不同的绿植，心情莫名地好起来，便踩着泥泞走了过去，转悠了一圈之后，选了两盆小小的绿植。

举着伞，抱着那两盆植物往家走的时候，突然间发现，是的，我又一次，把钱包里的钱花完了。银行卡里还有几百，是预备着周末给同学的结婚礼金。

去年年底，我终于下定了决心，用今年一整年的时间攒钱，然后离开我生活的这座小城，去一个大点的城市，开始新的工作和新的生活。

但是，因为薪水低廉，自己又不是省吃俭用的料，还需要经常应付各种礼金、朋友吃饭等费用，工作快一年，还是几乎身无分文。

晚上躺在床上，拿着书看了许久怎么也看不下去，脑海里各种念头纷纷张牙舞爪地窜出来。

我不知道自己在想什么，我不知道自己的状况有多糟糕，我不知道自己该如何接着走我想要走的路。

不甘心，想出去，没有钱，即使出去了也不知道该干吗。

我知道，自己除了会写点东西之外一无所长，仅有的工作经验是办公室文员，生活经验更是匮乏到连一盘青菜都不会炒。

我能去哪里？要去做什么？能不能活下去？

我对这些统统一无所知，只是觉得脑海里有个模糊的想法，不想安于现状，却又没有明确的目标，这直接导致了这个想法只是个想法，我没有任何想要把它变成现实的动力。

周围所有的人都在说，你年纪也不小了，为什么不找个合适的人嫁了？为什么还贼心不死地想着要出去闯荡？

他们说，就算外面工资高一点，吃住神马的都要花钱，还不如家里过得舒服自在。

他们说，你又没有多大本事，就算心比天高，出去了又真的能混出头吗？

他们说，女孩子，何必要跟自己过不去？

他们说，你看，那谁，那谁谁，不是跟你差不多，人家现在娃都有了，日子不是过得很好？

他们说……

于是，我总是在一遍又一遍地问自己，自己想要的，到底是什么？

去一个大点的城市，又能够给我带来什么？

如果出去了，但是混得很惨，过得并不比现在好，我要有怎样的信念才能够坚持下去？

我想要抵达的终点，到底在哪里？

跟一个朋友聊起我的困惑，他给我回复了一段话，让我豁然开朗。

他说："人活着，求的不过就是'自己看得起自己'，有时候我们忍住的那一口气其实就是在和内心里的自己去抗争而已。而其实有时候，你只要稍微松一口气，你就会觉得，其实没什么，何必呢！别人吃喝玩乐，结婚堕落，你总是苦兮兮生活，何必呢？别人赚钱花钱，买房买车，你总是谈理想梦想，何必呢？人活着，其实就是活给自己看的。我不想做一个连自己都看不起自己的人，所以双脚磨破也要一直走下去，所以孤单一个也要一直走下去。"

是的，我想要的，不过是不要成为一个连自己都看不起自己的人。

因为我深深明白，如果一直留在家中，在十年之后，我能够成为的，只可能是一个满脸油光、只知道尖着嗓子跟人吵架跟人东家长西家短、只知道打牌搓麻将的世俗的农村妇女。

我知道，我不想成为那样的人。

我知道，我没有办法接受这样子封闭的、没有追求、没有梦想的生活。

并不是贬低这种生活有什么不好，我身边很多这样的朋友都过得非常幸福，而且我知道，生活终将有一天会走上世俗。

我知道，所有人总有一天，都会面对柴米油盐，都会面对洗不完的衣服拖不完的地板，都会面对丈夫与孩子之间的吵闹和烦心。

可是，我不希望自己的生活中只有这些，我不希望在坠入这样生活的时候，我自己一无所有，什么都不是，连一个模糊的标签都没有。

是的，我看不起，自己成为一个空洞麻木一无所求的人。

我突然明白，我想要的，并不是出人头地，或者大富大贵，我只是希望，能够在自己有限的生命中，尽可能地充实自己，丰富自己，让自己得到更多的成长和进步，希望能够让自己拥有更多砝码，去拥有选择自己生活的能力。

我知道对于一个最普通不过的人来说，想要突破自己的壁垒是很难的，但是，我不想做一个自己都看不起的人，“所以双脚磨破也要一直走下去，所以孤单一个也要一直走下去”。

你想要的，
总会在合适的时候到来

01 ///

QQ的那一头，是许久未联系的高中好友，即使隔着电脑屏幕，我依然能够察觉到她抑制不住的兴奋。

她说："我的工作搞定了！户口也搞定了！"

之前在朋友圈见到她的状态，用不安的语气不断问着："为什么一个女人，靠自己的能力获得帝都的户口这么难？难道为了留在帝都，我必须放弃我热爱的电视行业吗？"

这个从大三时就开始屏蔽一切与外界联络的方式，拼了命地在图书馆复习，然后用第一的成绩考上传媒学校研究生的姑娘，最大的梦想是从事电视行业，她很早就开始为此积蓄，大一时候就开始在学校当地的省级卫视实习，读研时在央视和凤凰都待过很长一段时间，有段时间她跟我说："每天实习结束后，都是凌晨两三点，一个人坐车回到学校，整个人累得都能飘起来。”

在毕业前几个月，她为了能够拿到北京户口、为了能够继续留在电视行业而焦躁地四处奔走。

我懵懂地问：“很难吗？一定要北京户口吗？”

她回道：“很难，要求特别高，我手上的offer全是没办法解决户口的，没有户口的话，以后在北京生了小孩都上不了学，我不要这样。”

我问：“那你怎么办？”

她纠结着：“我想留在电视行业呀，我也想要户口啊，怎么就这么难？”

然而，此时她终于有了好消息，她雀跃着：“我去电视台的时候，都没做多大指望，面试也不够积极，因为没有户口，谁知道，留下来干了几天后，领导说看我不错，就把我们部门仅有的两个户口名额给了我一个。简直跟做梦一样！我到现在都不敢相信自己居然会这么幸运！”

我真心为她感到高兴，这位姑娘，一直是我很佩服很喜欢的一位姑娘，我知道，她能够有这样的好消息，并不是出于幸运，而是因为，她真的很优秀，所以才会让人不愿意放走她。而我亦明白，为了今天这样优秀得叫人惜才的表现，她在背后默默地付出了多少辛酸和汗水。我期待着，她成为优秀电视人的那一天，因为我相信，她一定能够做到。

姑娘不由得感叹道：“真好，我最后还是做了电视，你最后还是做了文字，等你来北京，我给你接风！”

02 ///

高中的时候，我和姑娘关系很好，每次一起坐在操场上天马行空地幻想着以后的时候，她总是满脸憧憬而又无比坚定地说："我要考中传，我要学电视，我要做好多好多优秀的电视节目给你们看！"

而我，我没有她那般自信，却依旧在头脑中把自己的梦想描绘得很清晰："我要学中文，我要做编辑，我要做很多好看的书给你们看，我还要写很多很多字，可以出好多书。"

年少的时候，总是雄心壮志，觉得自己无所不能，总是觉得梦想虽然很大很远，但依然是触手可及的。我们天真而浪漫地相信，自己会在大学毕业之后，就成为自己想要的样子。

然而世事总是难料，我们高考都失利，她没能进中传，只上了一所普通的一本，我更是糟糕透顶，直接去念了所三流大学，仿佛是有默契似的，我们都选择了新闻专业。

再后来，我们渐渐联系少了，只是偶尔辗转从她的朋友圈或者微博或者旧日同学的口中，知道她的消息，她考上了中传，她去了牛逼的电视台实习，CCTV的新闻字幕上有了她的名字……看到她一步步朝着自己曾经的梦想靠近着，我很感动，很欣慰，也很失落。

因为此时，我却回了老家，做了一份清闲但同自己的梦想相距甚远的工作，我很不甘心，却又无比焦躁，在日复一日单调的生活中激情不再，甚至不再心怀期待。

有什么好期待的呢？学历不高，学校三流，最糟糕的是，全无行业经验。我想，我这辈子，或许就是一直待在老家，不可能再成为一名编辑了。

所幸的是，工作有大把的空闲时候，于是我开始在豆瓣给一些书写评论，因此认识了很多优秀的作者和编辑。写得多了，居然会收到一些人的留言，说喜欢我的文字。每当此时心中都会有种隐隐的自豪，虽然自己的文字梦已经渐行渐远，但能够被认可，仍会感觉到极大的快乐。

在某个意外的一天，有位合作过的编辑突然找我说："你想做编辑吗？我们正在招人，如果你想的话，就来北京吧！"

我不由得大惊失色，若不是这位编辑很活跃，又有过合作，简直要怀疑他是传销组织派来的骗子。"不是吧？我？你确定你没有开玩笑？"

"是的，你，怎么样？敢不敢来北京？"

"可是……我什么都不会呀！我觉得自己做不来啊！"

"你文字功底有，看你书评，对书的把握也不错，只要认真踏实地努力，没什么做不来！"

在被编辑打了无数次鸡血过后，我果断地选择了离职，然后去北京，准备着从一个新手成为一个靠谱的图书编辑。

我不知道自己在北京的生活和工作是何种面貌，亦不知道自己能否真的有足够的能力将这份幸运得来的工作做好。

感觉有些惊喜，自己曾经已经差不多埋葬在心底的最初的梦想，居然真的能够有机会实现。

03 ///

我曾经很愤怒，为何自己想要的生活迟迟不肯到来。

现在，我终于明白，只是因为之前，我从未为自己的梦想付出过任何努力，我只会埋怨、消极，跟人诉说自己的高考失败，诉说自己的愿望得不到满足。有人劝我说："你会写文章，就去投稿呀。"我却总是推托，认为那些报纸杂志上得到发表的文章都是编辑相熟的作者，而实际上，我心里清楚，我只是害怕，害怕自己写了很多，依然得不到任何回馈。

一直到后来，我开始在网络上写一些文章，心里想着，反正写得不好，也不会有人看见，却不承想，到了后来，居然能够得到越来越多的人的关注，我也因此重新选择了自己的职业方向。

在很多人眼中，我能得到这份工作，只是出于幸运，我承认有幸运的成分，但是，若不是一日日坚持地写，若不是我写得总算还不赖，我永远都不可能有被人看到的机会。

每个人都有自己想要去做的事情，想要去实现的梦想，但是，实际上，很多人都像以前的我一样，只是想想而已，却没有认真去思考和规划：如果你下定决心要达成这个目标，那么需要付出多少辛苦和汗水？你认为这些时间和精力的投入是值得的吗？你愿意为此一直坚持下去吗？你能够做到即使遭受挫折和失败依然能够调整好自己重新出发吗？

如果你的回答都是YES，那么，或许有一天，你会发现，你想要的，总会在合适的时候到来。

最难的时候，你是怎么熬下去的？

2009年的冬天，合肥。

我送杨小麦去火车站，她穿着桃红色的羽绒服，短头发乱七八糟地塞在帽子里，在还没有整修的合肥火车站前跟我用力地挥手。

坐着409路公交车回学校的时候，窗外飘起了大片大片的雪花，整个车厢里的人都躁动起来，挤到窗口张望，要知道，此时的天空，正艳阳高照。

呵，太阳雪。

杨小麦的出行，还真是别致的一天。

杨小麦跟我不是一个专业的，却住在一栋楼里。

我们第一次相遇在整层楼的公共厕所里，她大姨妈来了，问我借姨妈巾——从此结下了深刻的友谊。

那年的平安夜，我们一起坐在草地上喝酒，都是第一次喝，双双醉倒，抱头痛哭。我哭我18岁第一次失恋，她哭她高考前一天感冒到发烧，不然何至于沦落到这个破三本的学校。

杨小麦从来不掩饰对我校的鄙夷：一个坐落在火葬场隔壁的学校，难道我们要在这里浪费整整四年的大好光阴？

她天天撺掇我退学，我一直以为她不过是嚷嚷几句而已，谁知道，大二那年，她真的告诉我，她已经办好了休学的手续。

我惊恐地问她是不是疯了，虽然是个火葬场隔壁的学校，但好歹也能混个本科学历啊！

她一副凛然赴死的样子：我要去上海！我要靠自己的能力证明我值得拥有更加光明而伟大的未来！而不是每天看着火葬场的烟囱冒出的浓烟！

就这样，她保留了学籍，然后决定离开学校一年，杨小麦拍拍我的肩膀安慰我：混不下去了，过一年我回来给你做学妹。

杨小麦小学二年级开始学画画，大一整整一年都在四处兼职，教小朋友美术，给人画50块一幅的插图，自学室内设计，画了成堆成堆的设计图，给大大小小的设计工作室发简历。

大二的时候，她终于拿到了一个offer，一家位于黄浦江边的室内设计公司，实习工资1200块。

去了上海的杨小麦没有跟我联系，直到整整一周之后，我才接到她的电话，听她说起，她住在公司旁边的一栋老房子里，一个三居室，住了十六个人。男女混合，杂乱不堪。

我有些提心吊胆：那样不安全吧？

杨小麦无所谓地说：便宜啊，一个月才200块。

我们后来渐渐少了联系，她总是很忙很忙，有时候发条短信过去，都需要隔上大半天才能收到回复。

她偶尔会跟我聊几句，汇报一下她的现状。那两年，她给我的最大感觉是，当我在校园里过着波澜不惊的生活的时候，她却仿佛坐上了过山车，惊心动魄，前进的速度快到让我简直怀疑自己每天都在虚度光阴。

两个月过后，杨小麦搞定了第一个客户，转为正式员工。

半年过后，杨小麦跳槽到了一个大公司，还是在黄浦江边，但是薪水翻了好几番。

一年过后，杨小麦积累了一批原始客户，她性格开朗，又肯费心思，又确实有才气，便离开了公司开始做独立设计，这期间，她还用过去一年攒下的钱，去日本进修了一次，系统地学习了设计。

我大四毕业，开始毫无头绪地找工作，开始做一份灰扑扑的办公室文员工作，每天打印复印各种文件，无聊的时候，花大把时间泡在天涯论坛和豆瓣小组里。

而那时候的杨小麦已经找到了合伙人，开始经营自己的设计工作室，她平时喜欢研究各种艺术，对配色和线条的领悟力极高，渐渐积累了一批有品质的用户，在圈子里崭露头角，颇受推崇。

我在老家过着月薪两千的办公室小文员的日子的时候，她已经做到了每个月净赚好几万的水平。

我们像是朝着不同方向生长的两株植物，在短短的几年里，她一直茂盛着，几乎快要长成参天大树。而我，却还是那株瘦弱的幼苗，连枝丫都不知道该往哪里伸展。

我给她写很长很长的邮件，诉说自己生活的种种不如意，没法适应小城市公司里领导的任人唯亲和尖酸刻薄，跟身边的人也大都不亲近，觉得自己的工作没有意义，再加上频繁地被周围的亲友逼着去相亲，每天都生活得诚惶诚恐，却根本积聚不起来任何改变的勇气。

她劝我，这么不开心，不如出去。

我却开始踟蹰：外面生活压力那么大，我又不像你，有能够生存的技能，我能做什么呢？

她在一个深夜给我回电话，我以为她会安慰我，听我吐槽，给我建议，她却开始缓缓跟我说起她刚到上海时候的种种艰难。

“你还记得我跟你说过，我刚去上海的时候，只能够租一个床铺，男女混住，我只住了两个月就搬走了，因为半夜起床上厕所，发现隔壁的男生，把我的内衣往自己房里拿。

“我刚到公司的时候，为了拿到实习资格，瞒着大家说我已经大四，害怕暴露真相，每天都不敢跟同事多说话，我之前自己折腾画图纸的时候用的是最初级的绘图软件，上了班才发现别的设计师用的，我都不会，每天下了班自己抱着教程视频一点点从头开始学，往往到凌晨过后，才一个人从办公室往家走。

“我接到的第一个订单，客户特别特别难缠，是个本地的娇小姐，经常大半夜就一个电话过来说她有什么新想法，逼着你立马改图，可是等你改完发给她，她却已经睡了。有什么不满意，就直接用上海话骂人，我还得低着头道歉。你知道吗，我到现在为止，说得最顺溜的几句上海话，都是用来骂人的……”

杨小麦的语气很平静，我却听得几乎哽咽："这些你从来都没有说过。"

她却笑了："有什么好说的呢？你的生活再苦，别人也没法替你分担，你想要的任何东西，也不会有人送到你手上，只能自己咬着牙去赚去拼。我可以打电话跟爸妈跟朋友叫苦叫累，可是，除非我放弃这条路，要不然，诉完了委屈之后，第二天还是得爬起来继续去客户那里挨骂，反复改方案。"

"那你是怎么熬下去的呢？"

"每次我觉得自己快要撑不下去的时候，我就去黄浦江边，看着东方明珠，然后想着，你看，这座城市的灯光这么美，就算拼尽全力，我也要留下来。你知道我租的房子，一直都在东方明珠附近，每天走路去上班，都要特地绕到塔下看一眼，然后在心里默默跟自己说，加油；下了班的时候，也要去看一眼，然后告诉自己，我又撑过去了一天。"

她最后跟我说的一句话是："抱怨是解决不了问题的，如果你想看看其他城市，就直接去，然后用尽一切办法留下来；如果你想要做什么事，那就直接挽起袖子去做，躲在家里哭，什么用都没有。"

2014年，我终于肯下定决心去另外一个城市，从最开始的基础做起，一点一滴地在自己喜欢的行业里默默努力着。

而杨小麦，在那一年给我发来了婚礼的喜帖，同一年，她的淘宝店落地到了实体，装修豪华，收入不菲，男方也是年轻有为，跟她也性格相投。

我给她封了一个大红包，里面留了个纸条，写着人生赢家。

她吐槽我：在你眼中，嫁了人就是人生赢家吗？

我说：嫁了人不是，自己有事业才是，嫁了人是锦上添花。

生了孩子之后，杨小麦果断地把淘宝和线下店铺都交给别人打理，每月只抽取部分提成，专心在家带娃。不过她也没闲着，拿着这几年赚来的资金，抱着各种投资理财的专业书籍啃，试水各种投资渠道，有时亏有时赚，乐此不疲。

我们偶尔联系，诉说彼此的近况，我知道她很好，她知道我也过得不错。

有一天深夜，她给我发来一句话：你看，我们都用自己的方式走上了属于我们的那条路。

有时候累了，我会走到窗口，看着远处的高楼和明灭的灯火，一遍遍问自己：是不是真的想要留在这里？

这个时候，我总是会想起杨小麦，这个姑娘有我所羡慕的莫大勇气和才气，这些年她一直走在我前面很远很远的地方，而我，终于不肯再停在原地彷徨和不安，开始迈开我笨拙缓慢的步伐，也许我永远都追不上她。

但多么庆幸，对我来说，除了北京每一个繁华的夜晚，我亲爱的杨小麦小姐也是让我坚持下去的一道光。也许我们的生活，也跟那场雪一样吧，有艳阳高照，也有漫天寒意，庆幸的是，雪总有停的时候，而阳光，却总会出来。

别辜负自己
当初的执念

01 ///

2013年9月的最后一天，我在家看店。

等着最后几位客人喝酒，结好账之后洗完一大盆碗和碟子，拖好地，坐在电脑前，突然就想写点什么。

还在家的时候，每个周末，我的生活似乎就是这样。

下了班，如果没有事的话，就几乎待在店里。

那时候，我对自己的生活感到无比厌倦，总是洗不干净碗，在厨房里晃悠了将近一年，也做不出一顿惊艳的菜来。给客人算账的时候总是算错，整天臭着脸不大高兴的样子。

我想，这不是我喜欢的生活。

跟我妈说："我想出去看看。"

我妈说："出去了你以为就不一样了吗？还不是照样过得糊里糊涂？"

我恶狠狠地说："不会的！"

结果从北京到家第一天，我妈就问我："在外面上了半年班，存了多少钱？"

"呃……没有。"

"工资涨了吗？"

"呃……没有。"

"钱够用吗？"

"呃……不够。"

然后我妈大笑，指着我长满痘痘的脸说："你看看你，在家的时候，皮肤还没糟糕到这个程度，何必呢？不如去把东西拣拣回来算了。反正都一样。"

我很认真地说："不要，不一样。"

仔细算来，到北京，已经有大半年的时间了。

回来和小伙伴吃饭，别人嬉笑着叫我："哎哟，北漂回来了？"

或许我是幸运的，比起一般的"北漂"，并没有如何颠沛流离。

我没有到处奔波、跟房东中介纠缠的经历，也没有四处投简历、四处面试的经历。房子和工作都是之前在网上联系好的，下了火车就直接去了住处，第二天就直接去公司报到了。

别人问："你怎么这么大胆？敢在网上认识人，就直接去北京了？”

我总是一脸无辜地说：“因为觉得我没有好叫人骗的啊！”

或许，只是无知，所以无畏而已。

02 ///

刚到北京的时候，有段时间压力大到爆棚。

我妈说我：“你这么不会说话，又不爱理人，出去了，人家会不会嫌弃你？”

一直以来，我都是个只待在自己世界里的小孩，不会说话，不会观察别人的反应，甚至有时候察觉不到别人情绪的变化。

这么多年，身边的人来来去去只有那么多，我庆幸并且感激，身边的人都愿意纵容我。就算我有时候张牙舞爪，像只刺猬，也会被原谅。

可是，在外面的时候，我却总是会不知所措。

一直封闭的世界被打开，需要强迫自己去面对很多人、很多事，那么多没见过的事，那么多无法理解的人。我不知道，为什么别人会有这样的想法；我不知道，为什么总是有人会把人想得那么坏；我甚至无法分辨，别人是不是另有居心，别人的话里是不是有弦外之音。

可是，别人不会因为你不知道，就会原谅你。

没有人有义务去替你收拾烂摊子，甚至没有人有义务去承担你带给他的不愉快。

你需要做一个正常的健全的人，只有被人接受，被人喜欢，才不会处处受阻。

这样简单的道理，我当然明白，做起来的时候，却还是感觉诚惶诚恐。

有段时间我频繁地在各种社交网站刷屏，每天的内容都是：我今天干了什么，我今天见了谁，我跟谁一起吃饭了，别人送了我什么。

看着别人的回复：“你现在很好，好棒，好赞。”

每天都需要亲眼见到一大堆点赞，才心满意足地睡去。

于是小伙伴终于受不了了，质问我是不是在炫耀现在的生活有多么光鲜，见到的人有多么牛逼。

我委屈了又委屈，她自然是不会懂，我不过是害怕，害怕自己不够好，害怕自己做不到那么多从没做过的事情，害怕自己一个人撑不过，需要反复地告诉别人我很好，我的选择是对的，我可以做到很棒。

不知道如何面对工作，面对别人，面对汹涌的人群。不知道遇见问题该如何解决，所有的事情都不知道该如何解决。

发微信跟朋友吐槽：“自己糟糕的情绪无处发泄，我总觉得，是别人的错；总觉得，为什么我要去面对这些？”

朋友说：“你现在最缺的是撞南墙，如果你面对的问题你无法学会解决，你永远都学不会成长。只有撞得疼了，才学得乖。”

那一刻，我终于懂得，所有的问题，都需要自己去面对。我需要自己强大起来，才能够真正无所畏惧地走下来。即使内心不安，也不可以让别人知道，一遍遍咬牙撑过去的时候，才可以真正学会强大。

无法改变的事实，就只能接受，然后在能够选择的范围内，为自己争取到最大的利益。

整夜整夜地失眠，睡不着，分分钟需要按捺自己，才能忍住不发脾气。

跟一群朋友在一起灵修，朋友说："你太急了，总是疲于奔命地往前跑，迫切地想要什么，恨不得立马就想得到全世界。"

他说："不要急，慢慢来，该来的，总会来的。一步步走，才能走得踏实。"

03 ///

一个人背着书包，一趟趟地铁转回家，终于想明白，不是自己赶得太急，而是自己根本没有足够的能力去应付现在所有的状况，所以才会永远都觉得焦躁，觉得不安，觉得惶恐。

连续了好几个星期之后，终于安静下来，开始沉默地做事，一点一点，完成手头上堆积的所有工作。

终于在9月初的时候，我编辑的第一本新书上市，幸运的是，似乎卖得还可以，虽然没有那么好，但是我真的已经满足。

然后接下来的是第二本、第三本……

一本本书做下来，有时候还是会觉得不安，害怕因为自己的工作没有做好，导致书没有卖好，害怕辜负作者，害怕辜负老板，更害怕辜负自己。

和小伙伴有一搭没一搭地聊天，她说："我曾经也想出人头地，到后来，还是学会了认命。"她说："双子座真是蛮不能吃苦。"

我也知道，我很怕吃苦，一点点事就会觉得委屈到不行，不能熬夜，哪里有了一点点病痛就会啪啪掉眼泪。

可是你的平台这么低的时候，真的是需要吃很多很多苦，才有可能拥有别人轻轻松松就拥有的东西。这是没有办法的事。既然当初选择了，就只能尽自己最大的努力，去克服自己的那些软肋和矫情，给自己一个全力以赴的姿势。

我不知道，有一天，我会不会认命。

我不知道，自己要走的路，需要多久才能看得到出口。

或许疲于奔命了好几年，我的生活依然没有起色，可是，我依然在咬着牙，想去往自己更想去的地方。

北京这座城市的好处在于，它总会让你看到一些你永远无法想象的事情，让你认识一些至关重要的人。即使路途遥远，能够拥有这些温暖，已经足够幸运。而我所想要做的，是让自己不辜负别人对我的好，不辜负自己当初的执念。

我总是以为，我们义无反顾地奔赴到这里，并不是因为想要出人头地或者一朝飞黄腾达，只是因为，它到底是一座让人感觉到希望的城市，是一座让你觉得哪怕普通平淡自己也可以跟别人活得不一样的城市。

我知道前面的路很长也很暗，我看不清也看不明，就继续一直往前走就好了。

反正我知道，就算路途遥远，我也总不会是孤单一个人。

反正我知道，就算我是多么不靠谱，也总会在一次次跌跌撞撞中，努力学会做一个靠谱的人。

反正我知道，拥有未知的可能，总比死守现在的一成不变更让我欢喜。

反正一辈子，做点让自己高兴的事儿好了，不要想太多。

我和生活
狼狈为奸

01 ///

周末早上，睡了饱饱的一个懒觉，坐在床上用APP背英语单词，背到“century”的时候，有一个例句“2012 was the best year of the 21st century”——2012年是21世纪最好的一年。

我停下来，发了好久的呆，对我来说，2012年，大概是我这辈子最糟糕的一年吧。

我在2012年的一开始，距离那年的研究生考试还有一个星期的时候，莫名地翘掉了它，拎着行李回了家。翘掉考试的原因很简单，我爸恶狠狠地在电话那头跟我说：“女孩子念那么多书干什么，还不是迟早都要嫁出去的，反正我不会给你一分钱让你考研。”

于是我赌气般地翘了那场考试，跟我爸我妈闹翻，拒绝接他们的电话，决裂似的跟他们宣布：“从现在开始，我不会要你们一分钱。”

然后我找了一家服装店开始卖衣服，一个多月的时间，赚了1800块。

过完年没几天，我就带着那1800块，坐上火车到了学校，开始没日没夜地投简历。

三流学校的文科专业，能够得到面试机会的，除了公司行政文员就是网站编辑，底薪从1200块到1500块。那时候，我一点一点地感觉到了绝望，开始怨恨自己，怨恨自己这四年来的荒废，简历平淡无奇，连一份最简单的工作都无法得到。

一家家地投简历，一开始还只找和专业有些关系的，后来连销售、肯德基麦当劳储备干部之类的都全部往别人的邮箱里塞简历，然后等着别人给我的电话。每天蓬头垢面穿着睡衣在宿舍窝着，去食堂吃饭不过是在睡衣外面套个羽绒服，打包带回来继续在各大求职网站前面蹲守着，除了出门面试几乎懒得收拾自己。

日子过得像是一条死鱼。那时候，同宿舍的三个小伙伴在准备考研的复试，一个在家乡的电视台实习，还有一个已经找到了工作。只有我，每天对着电脑较劲。

心情烦躁到了极点的时候，会戴着耳机玩祖玛，听着耳朵里一声接着一声的撞击声，然后是最后的那一连串的“砰”。有时候我感觉自己的生活就是那串五颜六色的球，一点一点地被消灭殆尽，不知道什么时候就“砰”的一声，走向彻底的毁灭。

找到快要崩溃的时候，一位小伙伴给我推荐了一份工作，说是在嘉兴的某服装杂志，去做采访和编辑，月薪3000块，还提供住宿。

跟合肥的底薪1200块相比，3000块简直就是巨款，况且又是我一直期待已久的杂志编辑！

于是我就拎着我的箱子怀揣我仅剩下的一千多块大洋到了嘉兴。

02 ///

公司老板派了一个妹子开车来接我，我眼看着车子驶离了繁华的都市，到达了一个加工毛衫的小镇。

到达公司提供的宿舍已经是傍晚，我看着一张床板无语凝噎，前来负责接我的老板娘惊讶地问我："你没带被子？"

我目瞪口呆地看着她："没人跟我说要带被子啊？"

她只好说："你自己找个地方住吧，我明天给你送两床被子。"

我一个人背着包，在小镇上找了一家旅馆，看着脏兮兮的床单，犹豫了好久才爬上床，还没睡着，就听到电话响，我握着电话，那边是娇滴滴的女声："您需要服务吗？"

挂了电话，过了不到5分钟又有电话响起，最后我只好拔了那根电话线，跳下床把桌子搬到门口抵住，就这样忐忑不安地度过了我离开学校的第一个晚上。

第一个月，公司过了五十天才发工资，身上的一千多块钱早就花完，幸好，当时的同事们都很善良，也不怕我跑路，慷慨地借给了我钱，我才总算没有饿死异乡。

公司提供的住宿，是个三居室的老房子，同住的还有两个男生，他们几乎跟我没有交集，我下班回家买菜做饭，或者在镇上走上很久，找到一家便宜的面馆吃饭，他们下班去网吧打游戏。

我每天都一个人坐在小房间里，没人跟我说话，宿舍里没有网络，我还有毕业论文要写。抱着带来的书和资料，敲了三万多个字，分析宋词的传播方式和传播功能，必要的时候去网吧查阅资料，然后再一点点删减至学校规定的字数。那可能是我这辈子写东西最认真的时候。

写不下去的时候，一遍遍地看电脑里下好的《甄嬛传》，一点点催泪的情节，都会让我抱着枕头哭得死去活来。那大概也是我这辈子看一部电视剧最认真的时候。

没有钱，没有人陪我说话，这些都可以忍受，让我觉得痛苦的是，梦想和现实之间总是差距甚远。

熟悉了之后才知道，所谓的“服装杂志编辑”，不过是在不到十个人的传播公司，免费给当地的商户发放DM杂志，靠接品牌商的广告费盈利。我每天干的活就是从网络上复制粘贴一些服装行业的消息，搭配上网上找来的图片，编辑整理好交给美编，当然还有给老板辛苦拉来的广告写软文，绞尽脑汁把一个个不知名的小品牌吹得天花乱坠。

我觉得自己被骗了，然而等想明白之后，我明白自己不是被骗了，而是我那时候根本没有其他更好的选择，才会见到一根救命稻草就不顾一切地抓住。

我不知道该怎么办，我的人生经验和修炼而来的人生智慧，都不足以让我解决这个问题。

给小伙伴们打电话，大家给我的建议都是："反正还没毕业呢，先干着再说，虽然工作不怎么样，好歹攒个经验值，多少是能学到点东西的。"

我责怪自己当初太冲动，没有考虑清楚就跑来了嘉兴，现在弄得自己进退两难。我恨不得抽自己几个大嘴巴，怎么可以这么没脑子？

仔细想了很久之后，我决定留下来一直干到毕业，原因很简单，若是现在回合肥重新找工作，我身上剩的钱，连吃住都维持不了，我还需要把毕业论文写完。而这里，至少有住宿，至少一个月给我三千，我一边在电脑前不停地"Ctrl+C""Ctrl+V"，一边恶狠狠地想："等攒够了一个月的生活费，我就立马回合肥。"

于是，便只有继续熬下去。

03 ///

每天的工作就是上网搜集任何一条同羊毛衫有关的信息，然后整理用作杂志版面，准备几个专题，给接到的品牌写软文广告。如果镇子上有哪家新的店开张了之类的"新闻"，就去采访写成消息。

习惯了之后，便也觉得这样的日子过得还行，至少，每个月两本的DM杂志，除了固定的软文，大部分可以由着我折腾，可以自由安排版面，写自己感兴趣的专题，我兴致勃勃地在那份免费发放的杂志上写各种服装流派的兴起，搜集我感兴趣的模特、设计师的专访，研究各种大牌服装……到后来，觉得其实还蛮有意思的。

又过了半个月，发行部的两位同事集体辞职，因为是夏天，自然是毛衫淡季，很难拉到广告，老板为了节约成本，不愿意再招人，于是就跟我说：“你跟着另一个男生一起去做发行吧，锻炼一下。”

我记得那个镇子上有很多好几层楼的批发市场，我们要做的事，就是拖着装满杂志的箱子，一层楼一层楼给每一家商铺发送杂志。

天气热得地面都能蒸出一层雾气的时候，我穿着短裙和细高跟凉鞋，一层楼一层楼地跑，这一栋批发市场跑完了就换下一栋。

开始只让我跑附近的几栋楼，谁知道到了下个月，同我住一屋的那位男生也辞职回家了。他走了之后，原本他负责的离公司比较远的商场也需要我去发放杂志。

我说：“那么远，怎么把杂志运过去呢？”

老板说：“我们有电瓶车。”

我说：“我不会骑。”

老板说：“学学就会了。”

于是我生平第一次骑着电瓶车，晃晃悠悠地上路，在车前放了满满一箱子的杂志，挨家挨户地发完，然后骑着电瓶车回公司。

笨手笨脚的我，在推着车子下坡进地下车库的时候，那辆笨重的电瓶车突然倒了下来，直接压到了我身上，因为惯性的原因，还拖着我朝坡下滚了一段。

然后我就看到了自己的两条腿，不断地流着血。我试着把车子推开，却因为疼痛而使不上任何力气，太阳火辣辣地照着，我终于忍不住，就这样坐在人来人往的车库门口大哭不止，所有的委屈都化作眼泪，唰唰地往下掉。

从那以后，我再也没有碰过电瓶车，至今也不会骑。

从3月份到6月份，我在那个小镇待了3个多月的时间，看着银行卡的存款到了差不多够我一两个月生活的时候，就立马辞职拖着我的箱子回到了合肥，开始准备毕业答辩，拿到了毕业证，然后开始重新找工作。

04 ///

整个2012年，从头到尾，我都在不断的颠沛流离当中度过，从合肥到嘉兴，然后回了合肥，然后又去了黄山，然后又回了合肥，最后，又因为家庭变故，不得不回到老家。

很多次，当我拖着我的大箱子，背着笔记本坐在火车站候车室的时候，我都觉得茫然。来来往往的人那么多，他们似乎都有一个明确的终点和方向，而我，却对我即将要抵达的地方满心都是怀疑。

因为舍不得买高铁票，需要坐很久很久的火车，我总是呆呆地看着窗外陌生的风景，我并不确定，我忐忑不安，我不知道，自己终究会停在哪个地方。

彼时的我，一无所知，只有跌跌撞撞地抓住每一个可能的机会。

前面是什么地方？我不管呀，我去了再说。

但如今想来，我依然感激那颠簸动荡的一年，在那一年里，我终于学会了敢于一个人上路，一个人在陌生的城市照顾好自己，学会了做饭，学会了隐藏自己的恐惧和不安，学会用一种柔软的姿态跟陌生人相处。

人生的路很长，即使是如此糟糕的一年，在我的记忆里如此黑暗和令人心痛的一年，它终究还是过去了。

在这一年里，我一直在疲于奔命，而最大的幸运是，我从未停止过自己的脚步，不管是在哪里，不管是不是身处困顿，我始终相信，有更好的终点等着我去探索，更好的荒芜等着我去开辟。

我想，我并不是一个睿智的姑娘，一直以来，都没有学会如何去找到自己真正该走的路，才一直都磕磕绊绊，诸多不顺。很多时候，我都是近乎盲目地朝前跑着，又因为种种原因被逼着返回原地，我挣扎着，愤怒并且不甘，可是，即使如此，一旦有机会，我还是会毫不犹豫地朝前奔跑。

对于笨拙而且固执的我来说，也许没有办法在最开始就分辨出来自己想要的东西是什么，自己想要去的地方在哪里，但是我可以多走几步，可以走得再远一点，好看得更清楚一点。

用看过的一句话来结尾：“心存恐惧，不过是因为心有所求，求之不得，就先下手为强。想想我确实无权抱怨，在这烟波浩渺的红尘中，我和生活狼狈为奸。”

DAY 2

做一个还不错的普通人

有人曾说，我们这么努力，只不过是为了做一个普通人。

人生无非迎来送往，这过程中就有诸多我们无法预料的结果。昨日之因，今日之果。有人轰轰烈烈度过时光，回头再看笑谈虚妄一场。

正是因为曾经得到过，所以后来举重若轻，而不曾得到的那份悸动的心，又拿什么来填补和安慰?

末了我们都承认了自己的平凡，却依然不愿庸庸碌碌地过完这一生。

我们一直都在努力，不是为了标新立异，而是甘愿做普通人的时候，让自己活得更美好。

是在承认自己与这世界而言如此渺小的同时，也愿意发出微弱的光芒。

从小到大
长得不好看是种怎样的体验

01 ///

我的朋友老杨说过：“在我最近十年的人生里，美貌的缺乏，使我错身很多东西，公主般受宠的待遇，忠贞的爱情，唾手可得的工作机会，以及那不曾意识到的更多。”

看到这句话，我不由得心酸地想起，在我二十几年的人生里，作为一个不好看的姑娘，不得不面对的那些事。

很小的时候，和其他的小姑娘站在一起，大人们总是会摸着别的小姑娘的脸蛋说，这小姑娘长得真漂亮，然后我就被默默地晾在一边。

小学的时候，参加大合唱比赛，按照个子高矮排队，我站在第一排，排练了一次之后，老师出来把我从第一排拎到了最后一排的中间位置。在儿童节的时候跟小伙伴报名了一个合唱表演，还没有在老师面前开过口，就被删掉了。

初中的时候，各种小朋友情窦初开，身边的小伙伴都被人递过情书，表白过，在抽屉下面塞各种各样的小礼物，我从来没有过。第一次收到情书，我很开心，后来，他们告诉我，是因为这位男生跟人打赌输了，接受惩罚而给我写情书。

从十几岁的时候开始，我从来只是暗恋别人，不敢开口，因为觉得开了口，肯定会被拒绝。

高中的时候，我上台竞选班干，下面嘘声一片，他们说我不好看，怎么可以去竞选班干？

大学的时候面试各种社团、学生会、广播社、记者团，跟室友们一起去，不论我表现如何，我都是最先被淘汰的那个。

大一的时候，有个男朋友，他在楼下等我的时候，被别人看到，后来我去水房的时候，听到有同学说：“×××（不好意思正好是我名字）怎么会有男朋友啊？”另外一人搭腔：“对呀，我都无法相信，我们班那么多美女都没男朋友呢，她怎么就会有男朋友了？”

大四的时候去电视台考试，我笔试成绩第一，面试也没有出任何差错，八个人招四个，我也没接到通知，气得一晚上没说话，然后我妈说：“电视台嘛，肯定要招好看的。”

去面试一家公司的行政，HR告诉我说，我们这个岗位对长相要求比较高，你估计不大符合我们的要求。

跟一群小伙伴出去玩，到了晚上，男生们自觉地对长得好看的

×××以及×××说，我送你回家吧，然后我自己走着回去。男生们给一起玩的姑娘买零食和饮料，经常会忘记我的那一份。

有人跟我表白，说的第一句话是："虽然你长得不好看，但是……"被人追求，问别人喜欢我什么，听到最多的是："我觉得你很朴实，挺适合过日子的。"然后就没有然后了。

几乎没被人搭过讪，也没被人要过号码。坐火车时，没人会来找我聊天，提着大大的行李箱如果不开口求人的话，也没人会主动帮我放到行李架上去。

有一次有个男生追我，我妈觉得他哪哪都好，长得帅，人还老实，工作也靠谱，死活要我跟他在一块儿，甚至都默默跟人商量好了以后在哪儿买房子。男生被我拒绝之后，我妈很生气，指着我大骂："你嘚瑟什么，你看看你长得，啊，是吧？我跟你说，要不是人家是外地的，才不会看上你呢！"然后她气得好几天没跟我说话。

跟我妈走在路上遇见了前男友和他的现女友，转过身我妈就说："哎呀，那个谁女朋友长得比你好看多了，难怪人家不要你。"我说："瞎说，明明是我甩他的。"我妈盯着我看了半天，然后说："看长相，不可能，他比你长得好看多了，肯定是他甩你。"

02 ///

总而言之，就是在过去的二十几年当中，因为长得不好看，真的是“使我错身很多东西”，而且有些事，连表示委屈的机会都没有，因为很多时候，长得不惹眼的人就是会被有意无意地忽略掉。

因为不好看，所以从来都没什么人会惯着我，会迁就我，所以从小到大不会撒娇，什么事都习惯了自己干，不会轻易地去依赖谁，更不会轻易地向人表露感情。哪怕是恋爱的时候，也经常会因为对方的一些亲密举动就让我感觉很尴尬。

比如说有一天，我跟前男友说，我要去火车站买车票。他说，明早你叫我我陪你去。当时我的第一个反应是：卧槽你神经病啊，我自己不会去啊，要你陪我去干吗啊！！！

他们都叫我“女汉子”，可问题是，根本没人来宠着你啊！偶尔冒出个人想宠一下，会浑身鸡皮疙瘩直接一巴掌把人拍出去啊！！

最自卑的时候，是青春期，十几二十岁的时候。那时候，身边的姑娘们个个都光鲜靓丽，被人热烈追求，只有我灰头土脸的无人问津，谈了个恋爱还以悲剧收场。那时候真是自卑到了骨子里，每天都宅在寝室不愿意出门，不敢抛头露面，做任何事都没有信心，觉得自己不讨人喜欢，一无是处。

那样漫长而阴暗的道路里，沉默地一路走过，满心里都是惶恐，生怕自己会一辈子缩在那样自卑的角落里出不来。

而一直到自己走出小圈子，开始工作以后才渐渐明白过来，其实所谓的“不好看”，只不过是自己给自己找的一个借口，仿佛所有的无所事事，胆小恐惧，懒惰放纵都可以用“不好看”这个借口去遮掩，心安理得地躲在这个借口背后，不去争取，不去追求，好像那些好看的人，他们拥有的一切，都是上天白送给他们的。

03 ///

年纪越大越懂得，我们看到的叫人惊艳的美女终究是极少数，而世间绝大部分人都不过是样貌平凡，我也不过是样貌平凡中的一员，纵然不好看，也没有丑到人神共愤的地步，至少稍微化个妆，也不是不能见人。而那些一直铭记在心的许多“悲伤往事”，纵然确实发生过，可是那些，并不能成为一个人裹足不前的理由。

对一个普通人来说，如果可以恃靓行凶，大抵是能够走很多捷径的，可是美貌从来都不是改变自己生活的唯一出路。

同样地，“我被人拒绝过，挑衅过，也舍弃过”，还在很长的一段时间里辜负了时光，可是庆幸的是，我没有一直辜负下去，在青春期里那段漫长的停顿之后，我终于开始朝着自己想要去的地方发足狂奔，这一路磕磕绊绊地走来，竟然也充足和丰盈了不少，而某天当自己在地铁站里匆匆地走过的时候，竟然发现，其实玻璃门上的那个虚影，也许依旧称不上是美女，却也没有我记忆中那么不好看。

或许是我终于发现，决定一个人好不好看的，除了天生丽质，更多的是他的精神和气质，以及他脸上绽放的笑容和从内心深处透露出来的自信，当然，打扮得体收拾妥当是必需的。而行走在工作和生活的路途中，被别人认识、走近、接纳并喜欢，除了外表，更多的还是他的能力、学识、情商、性格、待人处事以及那些需要用一生的时间去积累和完善的东西。

长得好看的人谁都喜欢，但是，没有人是白痴，会因为你长得好看就把所有好处都送到你面前。同样地，也没有人是傻子，会因为你不够漂亮，而把真正优秀的你拒之门外——当然前提是，你真的足够优秀足够有能力。

前天同朋友聊天，说起这个社会是相对公平和绝对不公平的。很多时候，别人就是会拥有比你得天独厚的条件，哪怕他付出的远远不及你，拥有的也比你多。是，无论你多么努力多么拼命，总有一些家世优越、长得漂亮、身材一流的人，不用费多大力气就过得比你好。

可是那又怎么样呢？如果别人轻而易举就能得到的东西，需要一个普通人花费大力气才能得到，那么，不用多话，直接沉默不语跑着上路就好了，埋怨和指责并不能改变你的出身和长相，只会让你眼看着自己想要的东西离自己越来越远。

认真工作，努力生活，空闲的时候看书写字，没事多走走路跑跑步，不断地认识新的人，不断地接触更多新的东西，发自内心地感受到自己一点点的成长和改变，见到每个人都真心地笑，同他们说话聊天，谈论生活、梦想、远方和未来……

身边的朋友越来越多了，出去见人的时候也不再总是畏畏缩缩不敢说话了，工作时也并没有出现什么让我觉得为难的事情，遇见的一些人也都对我不错，愿意给予我善意和耐心。

我终于愿意相信，我是个值得人认识并喜欢的人。

人活着，也不是为了张皮囊，世界上总有比皮囊重要太多的事。如果长得不好看，那就不靠脸吃饭好了，没法用刷脸去赢得人生，那么就靠才华和野心去跟别人比拼好了。难道认输就可以吗？难道一辈子继续做个灰头土脸的人就甘心了吗？

女孩子漂亮的话，自然有漂亮的活法，可是如果不漂亮，也照样可以活得坦荡自在，叫人羡慕。年轻的时候拥有好皮囊是件利器，可如何顺利走完一生，却需要太多的智慧。如果某些事情已经无力改变，那么，不如在有限的条件下，让自己的生活更加精彩丰盛。

哪怕不完美，
也值得被人认识和喜欢

01 ///

今年是韩寒的ONE APP三周年，邀请所有的作者录了一个视频，其中有我的镜头出现，我火速截图后发了微博，收到了一位网友的评论：“姑娘，你的自信我也很佩服，这种爆棚的颜值自己看完了也好意思给别人看。”

看到这条评论，我整个人都快奓毛了：我长什么样关你什么事啊，我微博爱发什么就发什么关你什么事啊！还骂我丑！——拉黑！

但是，我没有再因为别人说我丑，就删那条微博。

因为韩寒是我从初中开始就喜欢的偶像，在这个APP上，有很多我喜欢的作者和文字，能够给它送上祝福，出现在很多人的面前，我很开心。真的很开心。

哪怕别人看到了之后也许会说，原来老妖长这个样子呀！可真是不大好看呢。

但是，那就是我啊，我还是很开心能够被人认识，用我本来的样子。

之前写过一篇文章《从小到大长得不好看是种怎样的体验》，在那篇文章里，写了很多这么多年，因为长得不够好看而遭遇的种种对我来说，让我感觉羞耻的事情。

是的，对于自己长得不美这件事，我一直都感觉非常羞耻。

我一直是个话痨+刷屏党+分享控，生活中的种种鸡毛蒜皮，都想PO出去让人知道，开心的不开心的，对我来说，这都是属于自己的完整记忆。

可是因为在网络上写文章以来，被人关注得越来越多了之后，我发现，我再也不敢发自己的照片了。

我把QQ空间关闭了，朋友圈里、豆瓣上自己的相册设置了仅为自己可见，微博上博客里的照片都一张张找出来删干净……

因为我很害怕，害怕别人看到我的照片后会说我不好看，害怕他们说：长得这么丑还发自拍，要不要脸？取关！拉黑！……然后粉丝就变成0个了。

02 ///

啊，这个残酷的看脸的世界！感觉活着好累！我坚定不移地认为自己长得难看，如果别人看到了我的照片就会不再关注我了。

这么多年，我始终都活在一个“因为我长得不够好看，所以我不值得被人喜欢”的刻板认知里。

谈过的几次恋爱，都因为自己精神过度紧绷而搞砸。

啊，他对我不够好，肯定是因为我不好看；他多看了别人几眼，肯定是因为我不好看；他没有立即回我电话，肯定是因为我不好看嫌弃我了……

总之，仿佛是为了印证自己的观点一般，时间久了，人家当然受不了我没事就作死作活，真的分手了之后，我反而松了一口气似的：我说得没错吧，他就是觉得我不好看，还找了个比我漂亮的小婊砸！

于是开始反复地跟人抱怨，我多么惨，多么不讨人喜欢……

长得不好看的人，活该被别人甩。长得不好看的人，谈恋爱注定没有结果。

就差在脑门上刻着“我是丑比，请尽情讨厌我吧！”几个大字了。

我对自己，从来就没有一个准确的自我认知。

不够好看，是一个事实，可是我却固执地以为那就是全部，我自卑、敏感，不愿意接纳自己，因为自己的长相不符合我的期望值，所以我全盘否定自己，认为自己一无是处，不被人喜欢，是个让人讨厌的人。

我的朋友圈里，有很多长得美又有才华又足够拼命的女作者们，每次看到她们，都让我觉得：啊，这世界有她们就好了啊，我这种又丑又穷又懒的人存在还有什么意义啊?

可是有一天，十二跟我说："你啊，就是不自信习惯了，哪怕别人是真心夸你好，你也会认为是他在骗你。"

有一天和同事聊天，她问了我一个问题，你和朋友A一起为朋友B做了一件事，但是B只夸奖了A却没有夸奖你，你会跟他明确提出来，你也付出了想要得到鼓励吗？我说，我不会。她说，为什么呢?

我想了很久，然后说："我一直认为，哪怕别人不夸奖我，也是理所当然的一件事。也许我内心深处，潜意识里认为自己不值得被人夸奖。"

03 ///

我想起有一次，遇见之前的男友，那时候已经一笑泯恩仇，我没心没肺地问他："你那时候和我分手，是不是因为觉得我丑？"

他很诧异地说："怎么会觉得你丑？你很可爱啊。"

"那为什么要分手呢？"

他沉默了很久说："因为我不知道怎么做才能让你相信我喜欢你，不管我说什么做什么，你都认定了我不喜欢你。我努力过，但是你根本无视我的任何付出，我感觉很累，所以我放弃了。"

我在那一刻愣住了，跟他告别后，我一个人哭了很久很久。

原来是这样子啊，原来是这样子啊。

不是因为他不再爱我了，而是因为，我突然发现，其实，一直没有爱着我的那个人，是我自己。

你看，最糟糕的事情，不是我不够好看，而是我放大了“不好看”给我带来的负面影响。

我一直以为失去很多东西是因为自己不够美貌，而事实上，却是因为美貌的缺失让我不自信，这种不自信让我无法跟人保持轻松愉快的关系，总是把自己想象成受害者，总是怀疑别人对自己的真心。

我自认为我不应该得到别人的关注和喜欢，我根本不相信别人会真心地爱我，甚至，失去反而让我感觉更轻松。

这好像是一个糟糕的死循环，因为根本不相信好运气会发生在自己身上，不敢承受坏的结果，所以抢先自作主张，自己替自己做一个最坏的决定。

然后，事情果然就变成这样了。而我却以为，那是它本来就该有的样子。

自卑不可怕，可是如果放任自己的自卑不管，反而放弃了自己去爱去获得别人的爱的权利，那该是多么可怕的事情啊！

如果我一直这样子下去，大概真的会孤独终老吧！

04 ///

长得漂亮，大概是每个姑娘都希望发生在自己身上的事情。

而爱美之心，人皆有之。

我们甚至霸道地希望，自己目光所及之处，都是大帅比和大美比。

那么，那些长得普通的人要怎么办呢?

难道要天天把自己关在家里不出门吗？还是说，应该一旦意识到自己长得丑就要自绝于人民?

可是如果只允许长得好看的人出现在众人面前，那这个世界，该是多么无聊和残暴啊。

我很喜欢的洪晃，有着帅比老爸和美比老妈，第一次见到她的人都会感到失望，因为：“你怎么长得不像你妈妈那么漂亮。”

洪晃一直都生活在这种跟自己的爸妈比颜值，然后惨败的痛苦当中，她也曾纠结过，试图去弥补些什么，可是到头来还是会发现，自己压根就比不上他们。

所以，到后来，洪晃放弃弥补它了：“相貌和出身是每个人无法选择的，一点儿没脾气，就看运气。我的性格和聪明是我最大的长处，而我的长相是我最大的短处。”所以，她继续过着任性的生活，对自己的长相置之不理，用自己的才华去赢得世界。

我喜欢她出现在媒体上的样子，总是笑得很开心，很自信，哪怕网络上依然有人吐槽她颜值堪忧还去客串电影，可是，她是洪晃啊，所以，自然有人请她去。

她不需要去讨那些无关紧要的人欢心，因为他们认为她不够好看不够资格，就停止自己尝试新鲜事物的脚步。

在意识到自己的心态有问题之后，我用了很长的时间，看了很多心理学方面的书，不断地尝试去了解自己，认识自己，才让自己慢慢有了一点信心，终于肯接受自己。

我就是我，一个很普通但是也很好的我，别人可能会因为一些方面讨厌我，但我也同样有值得被人喜欢的理由。所以，我没有必要害怕自己被人认识，没有必要害怕自己并不是很好看的照片被别人看到。

可能这辈子我注定无法靠颜值吃饭了。

可是，我也有自己的长处和优点，我有一点可爱，我性格还不错，我会写文章，我对待工作有热情……

我身边的人对我都很好，我并没有如同我自己意识里认为的那样，不讨人喜欢。

这个世界本来就是丰富多彩的，有人负责颜值，有人负责才华，有人负责认真努力地生活，我们必须承认的一点是，确实是长得好看的人更有竞争优势。

所以，我也没有完全放弃自己，还是会努力地保持苗条，笨拙地学习化妆打扮，就算长相平凡也努力让别人看到自己精神抖擞、干净整洁的样子。

我很喜欢的一位作者吴浩然曾经写过一段话："时光自然会让一个人逐渐明白，并不是只有完美的人才值得被爱，处在困境中也并不是羞耻的。"

所以，即使只是长得平凡而又普通的我，也有值得被人看见、被人认识、被人喜欢的权利。

每一个认真生活的姑娘，都值得被人喜欢和爱。

这世上，
从来没有一无所获的付出

01 ///

有同学给我发邮件，诉说自己的各种困惑。大意也是在老家的事业单位里无所事事，不喜欢，却又不知道该喜欢什么。我回复，如果不甘心，就去学自己喜欢的东西，等待机会找到适合的工作。

对方却满是忐忑和不安：可是学了就一定能找到工作吗？我喜欢英语，想要做翻译，可是自己没有一点经验，就算把英语学得再好，怎么可能就会有人要我呢？我不是怕辛苦不愿意去学，而是很害怕，英语专业毕业的那么多，自己学了之后，也许根本就没有用！

可是亲爱的啊，这个世界上，又有几个人能够保证，自己现在所做的任何决定，付出的任何努力，就一定能够得到未来想要的结果，就一定是自己理想中“有用”的呢？

02 ///

我有位大学同学，S小姐，从小就喜欢动漫，在常年看动漫和日剧的熏陶下，能够听得懂大半的日语日常对话，大三的时候，她突然下定决心要学日语，当时我们都吓了一跳。在正常人眼中，为了更方便看动漫和日剧而学习日语，这个理由也未免过于牵强和不着调，更何况是在字幕组更新如此及时的现在。

她去报了日语学习班，本来喜欢赖在床上抱着电脑刷新番的她，一周三节课，一次也没缺过，清早起床，去寝室楼下背日语单词，光是五十音，就来来回回念了一个月。

我们起初都以为她只是一时兴起，却没有想到，她一直坚持到了大学毕业。毕业前，她去考了一次日语二级，没有考上。她也没有从事任何和日语有关的工作，回了老家，在家人的安排下，去了一家报社。

朋友圈里看她的更新状态，每天跑新闻写稿子忙得不亦乐乎，我以为她早已淡忘了日语，跟她打趣：你看看你，若是大学那两年没有抽风去学日语，把时间用在正经地方，现在说不定在读研究生或者已经有相处得很好的男朋友了。

没有料到，她却回答：我一直都在学日语啊，毕业之后也没有间断过。

我不禁好奇：可是，你明明那么忙，还要学语言，不累吗？而且，有什么用呢？

她回：其实我没想太多，最开始，确实是因为想要追新番，可是学到后来，真的对这门语言感兴趣，就一直坚持了下来，倒是没觉得有多累。至于有没有用，现在还没有想好呢。

S小姐住在三线小城市，大概一整年都不会见到一个日本人，当地也没有日企，花这么大力气学日语，做什么呢？大概也只是还没有找到合适的男朋友，所以解闷吧，不管怎么说，学点东西总比打麻将好。

我一直以为，在家是乖乖女的S小姐，会在25岁之前结婚，却没有想到，年底跟她联系，她却告诉我，已经申请了日本的大学，打算出国留学。

我震惊：你居然自学到了可以申请学校的地步？

她笑：也不算完全自学，一直在上课，只是需要平时多花点功夫。

我还是震惊：你哪儿来的钱？

她还是笑：我跟爸妈预支了我的嫁妆，工作两年自己也没有什么花费，都攒下来了，应该够了。

我没有再问她为什么一定要去日本。这个姑娘，从我认识她开始，就是日迷，熟悉每一季的新番，喜欢日本文学，只是我惊讶，一个姑娘，居然可以花五年的时间，不声不响，朝着自己的目标坚定地前行。

在她走前，我去S小姐家给她送行，看到她房间里堆得满满的日文单词书、语法书、原版的日文小说，还有一张又一张写满了她的笔迹的试卷和稿纸。S在屋里收拾行李，眉眼间，是终于如愿的安定感。

这期间，有多少人劝阻过她呢？自诩为她的好朋友的我，不也是告诉她，学日语没什么用吗？

她不知道自己需要用多久才能看得懂念得出那一个个陌生的单词，也不知道自己什么时候才能通过考试，拿到日本大学的申请，更不会知道一心想要她嫁人的爸妈会不会同意把她的嫁妆钱拿出来供她留学。

也许，她也同样不知道，自己到了日本后会有怎样的际遇，会不会顺利找到工作，能不能因此赚到更多的钱。

03 ///

我还有个高中同学Y小姐，从高中的时候开始喜欢同班的W同学，追求了他整整四年。高中的时候每天早上给他买包子和豆浆，记得他要一个酸菜的两个豆沙的，豆浆不加糖；大学的时候不在一个城市，她拼命做家教发传单只为了攒够火车票去看他，天冷了她给他买羽绒被，天热了给他买冰枕；甚至在他20岁生日那天，她送给他整整一个罐子的千纸鹤，每一张打开都是她记得的、有关她喜欢他的每一天……他很感动，然后还是拒绝了她。

我问W同学为什么？这么多年Y小姐对他的心思，除了他无动于衷，几乎感动了周围所有人，更何况Y小姐甜美可人，人见人爱。W同学的声音满是困惑：我也不知道，我只知道我对她没有动心的感觉。

整整四年的付出，只换来一句“没有动心的感觉”。他对她始终冷淡，经常不接她的电话，不回短信，她送他那么多礼物，他几乎都没有拆开过，就连去找他，他也满是生疏和客气，而最残忍的是，他一直单身，并未有交往的对象。

我们都替Y小姐不值，从16岁到20岁，她为一个人付出了太多太多，几乎失去了自己，却仍旧是竹篮打水一场空。

Y小姐大学期间一直单身，W也是，后来，他们去了同一个城市工作，我们都以为这次总算是修得正果，可是再次得知，他们依旧是没有在一起。

Y小姐在我面前喝得大醉，她依旧爱他，而他刚刚选择了一个看起来既没有她漂亮也没有她能干的姑娘在一起。

我问Y小姐：是不是后悔了？

她却摇了摇头：对我而言，他是我一直不断向前的动力，因为喜欢他，总担心自己不够美不够好，所以拼命努力了这么多年，才修炼成今天这副走在大街上有回头率、在办公室里也能独当一面的样子。我等了他很多年，却也终于明白，感情的事勉强不了，不喜欢就是不喜欢，以后，我不再等他了。

她又笑起来：就凭我，也不怕没有人追求。

这一次，我知道，她的笑，是真心的。

04 ///

十几二十岁的时候，人总会格外地迷茫，想要做某件事，却不敢去尝试；喜欢某个人，也不敢去追。所担心的无非是，害怕付出了满腔的热血和期待，却没有收获预料之中的结果。

我今年年初跳了一次槽，在别人眼中，我做得很不错，只花了一年时间就能够跳槽到业内前列的公司，可是我整个人却陷入了无边无际的恐慌和焦虑，之前积累的，在新的公司，大多没有什么用处，而我在接触新的工作内容的时候，却发现自己知道得太少，了解得太少。

原本以为自己至少有点成绩，可是事实却给了我无情的打击，原来我仍旧是个新人，我迷茫、暴躁，整天情绪不佳，却又不知道该如何是好。

有前辈劝我说，知道自己不足，就花时间多学一点啊，慢慢来就好。

我却迟迟没有行动，因为心里头想的是，别人都在大步狂奔朝前跑，我现在回头去学习行业基础知识，有用吗？

而迟疑的结果就是，在跳槽后的前几个月，我压根做不出任何东西。

过了好些时间，我才渐渐意识到，所谓的认为没有用，认为付出没有回报，都不过是急功近利的表现，期待着某天上天突然赐我天赋异秉就足以担当大任，却不愿意脚踏实地去学习去积累，因为觉得那太耗费时间，而最糟糕的是，有可能学了很多，也依然什么都不会。

可是，我们本来就无法预料，自己此时做的事情能够对未来的方向和路途有多大帮助。我们也根本无从判断，在达到自己的目的之前，到底哪些努力是必需的，而哪些只是无用功。

说到底，我们都不过是一个普通人，没有足够的睿智去替自己挑一条没有曲折的康庄大道去走，只能不断地尝试、不断地试错，然后回头重新开始，换得一点点的进步。

唯一值得安慰的是，这个世界上，根本没有一无所获的付出。我终于不再抱怨，开始看一本又一本的专业书，了解行业背景，多跟前辈请教和交流，我不会一日之间成为业内大神，可是，这种踏实的成长，去让我分外安心。

不要在意自己的付出什么时候会收到回报，你只要确定，这件事是你想做的，那就足够了。至于什么时候能够真正修得正果，与其整日焦灼不安，不如顺其自然，多思考，多行动，总比无意义的迟疑和观望要好。

年轻人，
千万别卖惨

01 ///

有一个老同学，我每次看她的社交媒体都觉得“压力好大”。

这个同学几年前从原单位辞职，自己开了一家小公司，因为一直在做自己产品的推广，所以在微博上关注量不少。

可最近，我总是看到她发大段大段的长微博，诉说自己最近的生意有多艰难，辞职后没有稳定收入有多辛苦。自己掏钱想做推广可因为没有名气不得不低三下四四处求人，被一些知名品牌邀请参加活动还得自己掏钱付来回路费，可别家不仅不用掏路费，还可以拿到出场费……所以全部的粉丝都知道她为了做生意已经花掉了所有的积蓄，目前仍然入不敷出……

一字一句，皆是血泪，可惜的是，即使这样，她产品的销量仍然惨淡。

几年前的她，还是意气风发，眼睛里灼灼发光的明朗少女，刚创业的时候甚至被知名媒体采访过。

看到她发这些微博，我觉得特别难过，看她抱怨生意场里的“唯利是图”，更为她感到心疼。

是真的觉得生活得很辛苦，才会口绷不住说这些吧。

还有一个我关注了很久、开了淘宝店的网红，每次新产品上市后都会发一篇长文，诉说自己开店的种种不容易，与服装厂周旋时的各种委屈……她的每篇文章阅读量都很可观，可是转化到销量上，却远远低于她的预期。

这位姑娘思索了很久之后突然明白过来，她一直在文章里写自己多么不容易，可是对粉丝（或者客户）来说，这些东西为什么要他们埋单呢？他们更在意的，是产品对他们有没有用。

她很快调整了宣传策略，开始更多地推介产品本身，销量也开始稳步上升。

02 ///

最近看一部小说《孤独小说家》，书中的小说家闷头写了十年，除了处女作，从未得到过加印，只在第十年的时候，获得了日本文学大奖，参加颁奖礼的时候，有记者问他儿子：“老爸在家是一个怎样的父亲呢？”

儿子回答：“经常在家一个人自言自语地说，写不下去啊，书卖不出去啊，自己没有才华啊什么的。”

所有的记者哄堂大笑。

这样的吐槽和抱怨，从来都只能在功成名就的时候说，还未抵达那一步，说再多，在别人眼中看来，只不过是卖惨。

任何人在决定自己人生道路的时候，就应该明白，人生从来不是等价交换，付出和回报也永远无法精确衡量，很多人辛苦打拼多年依旧默默无闻，也有很多人一夜暴富一朝成名赚得盆满钵满。

谁都会有痛苦和难熬的时候，可是这些心酸，告诉别人，又未尝不是一种撒娇。最惨的是，哪怕撒了娇，别人也不买账。

我们做任何事情，经历的不顺利，都没有必要翻出来给别人看。你展示的是你真实的痛楚，落到别人眼里，那样直白的鲜血淋漓，难道会有愉悦的观感吗？靠卖惨和晒可怜吸引来的客户，他们只会认为自己是你的施舍者，压根不会认可你的价值，这难道就是你辛苦多年所希望得到的吗？

03 ///

我有段时间，工作很忙，总是加班到很晚，无意识地会在朋友圈吐槽，说今天又加班到十点，又错过了最后一班公交，十一点半打车回家跟师傅唠嗑之类……还会经常抱怨，工作太多太乱，自己感觉好辛苦。

终于有一天，一位姐姐问我：你觉得你朋友圈发的那些东西，有什么好处吗？

我有些懵逼说：我没有想过有什么好处呀，只是吐个槽……

她叹了一口气，然后郑重地告诉我：如果我是你领导，看到你时不时秀加班、晒辛苦，并不会觉得你有多勤奋，反而会想，是不是派给你的活太多太难了，你才需要花这么长时间去做，还经常累得要死要活，还会怀疑你的能力，下次不敢把重要复杂的事情交给你，因为觉得你很有可能会搞不定。

然后她问：你每天这么孜孜不倦地秀勤奋，你领导给你点过赞吗？

我弱弱地说：没有……

她很认真地说：我理解你确实是觉得辛苦，发个朋友圈想要撒娇，可是撒娇这种事，永远只能对家人和亲密的朋友做，你朋友圈那么多人，你撒娇给谁看？成年人的任何辛苦，都只能自己承受，没必要告诉别人，别人也不在乎。你老板在乎的是你给公司赚了多少钱，你朋友圈里的那些陌生人，顶多能给你点个赞，他们能给你发工资吗？

04 ///

孜孜不倦地想要告诉所有人，自己很辛苦，付出了太多努力，更多的时候，不是为了证明自己的能力，只是为自己的不如意找个借口，好像所有的惨淡业绩、不够光鲜的成绩单，都可以得到别人一句“看他也不容易就算了吧”的安慰和谅解，可是，这个世界上，又有谁，是活得真正容易的？

选秀节目里，各路选手往往一把鼻涕一把泪地诉说自己家里有多惨，追逐梦想有多不容易，以此博得观众和评委的同情，获得一盏绿灯，可是你看，那些卖惨的选手，有哪一个，真正大红大紫了？

反而是那些演技精湛、才华横溢的艺人，在出名之后，人们才能够得知，他们背后那些不为人知的往事，他们知道把过往的动荡经历化为眼神的深刻，那些会成为他们的艺术素材和内心更为深远的东西，而不是在面试的时候告诉别人：我中学辍学，需要赡养年迈的父母，家道艰难，无以为继……要是王宝强遇见一个导演就这般诉苦，大概也没有今日吧。

选择任何一种职业，投奔任何一座城市，谁都是带着满满期待和雄心壮志来的，在这个过程中，遇见挫折、困苦和不被理解，遭遇冷漠、背叛都是理所当然的事情，而成年人需要做的，是为自己的每一个选择负责。

有些人选择了接受，然后默默努力，用自己的能力和天赋得到别人应该给予的尊重和回馈；而有些人，则沉迷在一日日四处宣扬自己的辛苦、别人的凉薄和世道的不公上，自怨自艾，裹足不前，然后被人远远抛在身后而不自知。

没有人能平白无故地得到别人的承认和尊重，想要证明自己的价值，需要做出叫人另眼相待的成绩。

不要怪这个世界太功利，大家都很忙，没人愿意围观你的狼狈不堪和鸡毛蒜皮，大家更在意的是，你付出了这么多，到底拿出了什么值得人埋单的结果。

内心强大
才能遇见闪闪发光的自己

01 ///

十一回家，坐在咖啡馆里同一个朋友聊天。这姑娘靠在自己男友的肩膀上笑靥如花，满脸闪耀的都是bling bling的幸福。她睁着大眼睛看着我，不解地问："你在北京啊，一个月钱也不多，除掉房租水电花费，也没剩多少了啊，值得吗？"

我笑着回答她："确实是辛苦，但是你知道吗，在北京我很开心，因为见识到了很多，学到了很多，认识了很多很好很善良很优秀的人。如果不是因为来到了北京，这些东西，跟我永远都不会有交集。"

因为之前陆续写过几篇日记，说到自己拎着箱子一个人来到北京的经历，于是便经常收到私信或者豆邮，别人总是跟我诉说，自己在家做一份普通的工作，有想要去闯荡一番的梦想，不想一辈子都混日子。

于是我回："既然如此，你为什么不出来闯荡呢？"对方往往会回复我一堆，总之是各种借口，爸妈不愿意，男友或者女友不愿意，害怕自己能力不足，还有说自己性格懒散不适合大城市快节奏的生活的。

看着这些，我往往不知道该怎么继续这个话题，想要追求梦想就去行动，真放不下种种限制就踏实过日子，有什么好纠结的呢？我一直以为，选择留在大城市或是去大城市漂泊，从来都没有对错，只不过是大家的选择不同而已。

02 ///

我想起前几天看过的一则广告，里面出现了各个选择了不同生活的女孩，却各自有着各自的精彩，她们喜欢并认同自己的当下。

每个人都有权利选择自己的生活，而唯一不同的是，你是否有足够的能力对自己的选择负责，有足够强大的内心去将自己的选择坚持到底。

我认识一个白羊座姑娘，单纯天真可爱，大学毕业之后就立马回家，拼命看书复习考到了当地的事业单位，每天朝九晚五，下了班就骑着小电驴回家吃饭，吃完饭就一左一右挎着爸妈的手臂出门散步。从来没听她说过，蜗居在小城市有多么委屈。

她很愿意留在爸妈身边，对她来说，最大的梦想就是在有自己的生活和家庭之前，能够多陪爸妈一点，做一个乖女儿。这是她的选择，她很享受安稳踏实的生活。

每次我跟她聊天的时候，都觉得很开心。我跟她说我认识了谁，做了什么，她总是惊呼着："哇，亲爱的你好棒。你会越来越好的。"

我跟她吐槽好累，又要加班还不涨工资的时候，她也从来只会说："在外面照顾好自己，反正我在家花不了多少，要不给你打些钱吧？"她从来不会说："我好羡慕你哦，我也想去大城市。"也从来不会炫耀自己在家的悠闲自在，说："在外面累得要死要活又赚不到多少钱，多不划算。"

不仅仅是选择工作，选择待在哪座城市，即使是恋爱结婚，也总是能够听到各种各样的烦恼，说自己被逼着相亲结婚，明明没有感情基础，却只是为了害怕质疑，草草找人结婚了事。

我妈也总是催我："你看看你，跟你差不多大的，孩子都打酱油了。怎么你到现在还是一条女光棍？"

我总是觉得吧，恋爱结婚，是一件顺其自然的事情，你遇见一个能够喜欢彼此的，在一起也能够处得来的就走到一起了；如果没有遇见，那就继续往前走就好了。

不要去管身边又有谁结婚了，大方送上礼金就好了，不要去管又有谁催着你相亲了，又有谁旁敲侧击讽刺你年纪一大把还没嫁人了。

你要知道，选择一个爱人，一段婚姻，是你自己的事情，需要你用心去感受一个真心爱着的人，去坚守一辈子的漫长时光。它不是一个任务，不需要听从别人的指挥，不需要臣服于外在的压力和道德的标准。

03 ///

我从来不觉得我的那些选择了留在小城市生活，选择了早早恋爱结婚生子的朋友就是安于现状，就是甘于平庸，很多时候，我很羡慕他们的自在和满足。

他们大多活得很简单也很幸福，不抱怨，也不盲目去羡慕别人。

我也从来不觉得身边跟我一样坚持留在一座陌生的城市默默打拼，不对世俗和偏见妥协，坚持等待那个对的人来临的小伙伴所有的辛苦、所有的固执是不值得，是天真热血。

我相信我们的辛苦总有一天会有所收获，也相信我们或许现在孤单却总有一天会等到那个相伴一生的人。

人生不是考试，没有标准答案，任何一种职业，一种身份，一种生活状态都有被尊重的理由，只要尊重自己的内心，聆听自己灵魂深处发出的声响，知道自己是谁，知道自己想要的是什么，知道自己该如何去选择自己想要的生活，不是为了满足父母的期待，不是为了满足别人的眼光，不是为了满足社会主流的价值观。

而能够做到自在地做自己，做一个闪闪发光有足够的勇气和坚持去为了自己想要的任何一种生活去努力去拼搏的自己，你需要为自己负责，坦然接受自己的选择所带来的任何一种后果。

从来都没有
绝对正确的选择

01 ///

我有个女友秋秋，是我高中同学，秋秋斯文内向，笑起来绝对不会露出牙齿，却总是会冒出一些冷幽默的段子逗得我嘴巴几乎要咧到后脑勺去。我很喜欢她。

秋秋当年学的是师范专业，一心想成为老师。毕业后在我们当地很出名的一家公司从事文职，却一直想着重新回到教师的岗位。

后来，她终于有了这个机会。

临行前，秋秋来跟我告别，我们一边吃着麻辣火锅一边说着你要好好照顾自己有空多联系之类的客气话。

然后，她突然说："我想要问问你，其实我不大知道，这次的决定对不对。"

我问："怎么了？"

她说："听到我要辞职去做老师的事情，很多人在背后议论我，话说得有些难听。"

我不懂："为什么呢？说你什么？"

秋秋说："因为工作是男朋友的亲戚帮忙推荐的，这次也是去和男朋友一起住。"

我还是不懂："那不是很好吗？工作和爱情二者兼得，多少人想要还没有呢。"

秋秋还是感觉有些为难："有人说我放弃了自己现在的生活，去那里工作完全只是为了男朋友，万一有一天被人甩了……"

我只好问她："这份工作，是你想要的吗？你选择它，仅仅是为了男朋友吗？你有想要和男朋友一起共度一生的打算吗？"

她认真地想了一会儿，说："当然不是为了男朋友才去他那里，我很开心能够做老师，我也很开心我们能够在一起。"

我说："既然如此，那你管别人说那么多干什么呢？"

她还是忧心忡忡地说："别人说，现在的工作挺好的，换工作，还换地方，万一发生点事，就吃亏了。"

我放下筷子，很严肃地跟她说："因为别人不敢换工作，不敢转行，不敢在爱情还没有一个确定的结果的时候就和心爱的人在一起。可是你想想，如果你走出了这一步，你就有可能得到一份你期待已久的工作，如果你选择了保持现状，你也许就错过了这次难得的换工作的机会，还会和男朋友继续异地下去，这样分手的可能性更大吧？再说了，就算你去了之后，工作不是你想的样子，男朋友也不一定会结婚，可是，你至少有了教师工作的经验不是吗？"

秋秋终于笑了，然后我们两人解决了一大桌子的火锅，吃得酣畅淋漓，尽兴而归。

02 ///

很多人在做决定的时候，总是过分在意周围人的眼光和看法。

就好像我的女友秋秋，她在原来的单位工作得并不开心，现在的生活，既然不喜欢，为什么不可以放弃？更何况是去做自己喜欢的事情，去和自己喜欢的人在一起。

认识秋秋多年，她是个踏实努力的姑娘，性格温柔恬静，对人对事有耐心，做老师对她来说，是非常合适的选择，更何况，她自己也把做老师当成人生目标，为此早早就考了各种行业资格证书，只是一直没有合适的机会。

而她之所以退缩，不外乎害怕别人说她是靠了男朋友的关系，害怕别人说她依赖男朋友生活，更害怕自己没有得到想要的结局，到时候被人看笑话。

为了自己的人生，去努力，去尝试改变，有什么不可以，为什么要在乎别人的流言蜚语。

我相信秋秋会好好对待她得之不易的这份工作，更会好好珍惜和男友的爱情，如果这些都是她想要的，那么为什么不可以去行动呢？

秋秋去了那所私立学校之后，我也辞职换了工作到了北京，渐渐地联系少了，大家都很忙。

她有时候会和我说，她有双学位，所以带了英语和历史两门课，去了之后的第二个学期还带了班主任，一天要上六七节课，还要带晚自习，有时候晚上回去发现站了一整天，小腿都肿了。

我说："你那么辛苦做什么呀？要好好照顾自己呀！"

她笑："我和男朋友打算结婚了，要攒钱买房子呀。现在虽然很累很辛苦，但是看到银行卡上的数字增加，真的开心，现在好庆幸那时候没有放弃这次机会。"

03 ///

总会有一些人，看见自己的朋友有了好的晋升机会，会各种羡慕嫉妒恨，各种不满，言之凿凿地认定他有什么黑幕，看见自己的朋友恋爱生活兼得，会认为别人迟早会分手得不到好下场。

也总有一些人，他们并没有恶意，只是习惯了按部就班，习惯了把安稳的生活当成信仰，他们害怕变动，他们宁愿一直在并不尽如人意的生活里蹉跎着，也不愿意接受变动带来的未知。

这个世界上根本就没有绝对的安全区，每个人都有面临生活中各种选择的时候，我们永远无法保证自己的选择一定是对的，也无法保证自己的某个决定会万无一失。

每当你想要选择一条不一样的路的时候，一定会有人跳出来告诉你，那条路没有现在的路安全顺利，不要走，说不定还会强行拉住你，阻碍你的前进。

我们也许需要尊重每个人善意的意见，但是，我们更需要尊重自己内心的真实愿望。如果你更期待远方，如果你对前路上的艰辛和苦难早已做好准备，那么，不用管身边的人怎么说，勇敢地继续前进吧。

就算只是个普通人，你仍然坚持留在北京的理由是什么？

01 ///

跟一个又软又萌的妹子约在三里屯见面。

已经腊月二十六了，三里屯还是那么热闹，来来去去的，都是打扮时尚的男女。

坐在一楼的星巴克，偶尔抬起头朝窗子外看去，看到一对满脸青春痘的年轻情侣，戴着一看就是自己织的丑哭了的情侣围巾，相拥着走过，不由得感叹，他们脸上的笑容可真好看。

说起这些年在北京的种种经历，妹子说，混了好多年，东跑西跑地去了很多地方，出过国，见过各种高端的场合，发在朋友圈里的照片，看起来光鲜亮丽，不知道的，以为日子过得有多高端大气上档次，实际上呢?

实际上最困难的时候，交完房租，身上才剩下一百多块钱，第二天接到个私活收到一千块钱，感动得泪都快出来了。

——幸运的是，现在总算熬出来了，能够做自己感兴趣的事情，赚到比之前多很多的钱，能够用一种自己感觉舒适的方式去生活。

妹子说：“可是即使是最穷的时候，也从来没有想过要离开北京。”

我说：“我也是。”

02 ///

很多时候根本就没有意识到，时间可以过得那么快，来北京居然快要两年了。

那天和公司同事闲聊，说起理财习惯，我说：“我没有财可以理啊。”她惊讶地问：“总会有点存款啊？”

我叹口气：“我去年刚到北京，一整年都入不敷出，今年才摆脱了欠债，挣的工资也只够勉强生活，怎么会有存款？”

最穷的时候，银行卡里只剩下二十几块钱，晚上去吃饭，走了一条街，找到一家可以用微信支付的饭馆。沿着昏暗的街道走回家的时候，一直在脑子里反复斟酌，明天是问同事借点钱呢，还是找熟悉的朋友借呢，还是假装自己忘记带钱包呢？

一直走，一直想，一直不知道该如何是好。听到手机短信响起来，打开，见到别人打给我的稿费信息。抱着那条短信，蹲在单元楼的门口，真的快要哭出来了。

这两年里，这种情况，反反复复上演过很多次，写很多鸡汤，写一些乱七八糟的软文，收到一些零零碎碎的几十几百的稿费。很多时候，它们都给了我莫大的安慰，不仅仅是因为这些文章让自己被人认识，还因为这些文章，让我在这个北京，可以活得不至于过于困窘。

早上七点的动车，有多少人会和我一样，在天还没有亮的时候，就起床坐车拎着行李箱奔向车站，然后再坐上火车去往一个个遥远的故乡？

他们当中，有多少人在跟北京挥手告别之后，再也不回来了，选择留在家乡，结婚生子，过安稳而静好的生活？而又有多少人，哪怕明明和我一样，在北京的生活过得并不算光鲜，也依旧会在春节假期过后，沿着同样的线路，重新回到这座似乎大得无边无际的城市？

关于这座城市，有太多一夜成名的传说，人们似乎总是很容易把北京理解成一个有很多机会，来了之后就可以大展宏图，就可以实现自己的美好梦想的宝地。

有人想要创业，带着计划书到处找天使投资人；有人想要拍电影，以为自己是第二个煎饼侠；有人想要成为畅销书作家，理直气壮地认为自己的文章比刘同、张嘉佳写得好多了，凭什么人家就可以上作家富豪榜还能去拍电影？

太多人踌躇满志，太多人赴汤蹈火，太多人前仆后继，可是同样地，太多人来了之后发现只能住在地下室，发现工作两年都加不了薪升不了职，发现每天的生活不过是出租屋、地铁和公司工位之间的周而复始，而微薄的工资和单调的生活圈子让人连恋爱对象都很难遇见。

有人在微博上说："你们爱北京，可是北京爱你们吗？"

严重的雾霾、糟糕的天气、高昂的房租、低廉的薪水以及永远都在拥挤着的交通，冒着跟熟悉的亲人朋友渐渐失去联络的危险，难道为的是，去争取一个似乎看不到希望的未来吗？

很多人都说，北上广这样的地方，是容不下普通人的，很多人也都断言，在被残酷的生活削弱了激情和斗志之后，那些一无所有的年轻人，还是会带着疲惫的面庞，回到生养他们的故乡，投入到踏实稳定的生活里去。

那么多跟我以及和我一样，在北京只是做着一份最普通不过的工作，过得勉强能够糊口的生活的人，依然坚持留在北京，理由到底是什么呢？

妹子说，她留下的理由是觉得既然来了，就要好好混，总不能让当初吹过的牛逼都变成笑话。那么你呢？

我吗？我又是为了什么呢？

为了所谓的伟大理想，为了所谓的追逐梦想吗？

从来都不是。

我只是在机缘巧合的情况下来到了这里，然后就再也不肯离开。

03 ///

在北京的近两年时间，我能够体会到的最大的感受是：自由和包容。

我理想的生活状态其实很简单——不论是生活还是工作，基本上都能够自己做决定，可以选择自己喜欢的适合的工作方式，可以在生活中找到能够给予自己支持和力量的人，可以去关注自己感兴趣的事情，可以保持自己的个性，可以拒绝对自己不想改变的地方做出任何改变，可以理直气壮地拒绝自己不喜欢的人和事，然后坦然承担所有该承担的结果……

去菜市场买菜的时候，不会有人用听不懂的方言跟你怒吼；每天挤地铁的人那么多，可是大家从来都不会忘记排队以及上电梯的时候靠右边站；哪怕是穿着奇装异服走在大街上，也不会引来太多人围观；你可以在公众场合直接谈论自己的性取向，各种奇怪的兴趣爱好；不管你是多么奇葩多么独特的一个人，在这里，似乎都能找到志同道合者……

我是个非常非常讨厌被束缚和被限制的人，也非常非常讨厌被教训和指导该如何去选择生活。对我来说，也许北京是唯一能够最大限度去包容你，鼓励你做自己，找到自己的努力方式的城市吧。

我真的很喜欢这里，喜欢这里深夜还继续运行着的地铁；喜欢这里无论在哪里都可以叫到车；喜欢作为一个经常丢三落四的人在这里却从来没有丢过钱包和手机；喜欢这里的每个周末都有各种各样不同主题和类型的活动；喜欢这里丰富多彩、欲望弥漫、充满诱惑的夜晚；喜欢这里还有人的娱乐活动是阅读、音乐和戏剧，而不仅仅是洗脚和打麻将；喜欢这里会有人因为一个观点的迥异跟你争论很久而不是告诉你这些有什么用。

也许只有在北京，我才可以选择这样的生活，一个人住，养两只猫，做一份自己喜欢的工作来养活自己，可以写文章，可以继续写下去，有一群可以跟我八卦吐槽也可以跟我谈论卡佛、黑塞和苏轼的朋友。

我真的很喜欢自己现在的样子。

他们都说，一个人在北京，难道不辛苦吗？他们也说，在北京，如果永远混不到出头的那一天怎么办呢？

而对于我而言，我愿意尽我最大的努力，让自己有能力在北京生存下去，让自己能够生活得好一点，只为了可以继续体会，这里的每一天，自己都在成长的踏实感，每一天，都能够在自己生命中找到惊喜的满足感。

也许过年后再回到北京，会做出一点点改变，但是我愿意去相信，因为北京这座城市，我一步步发掘了真实的自己，慢慢开始去相信，自己是一个有能力有才华有自己特点、被一些人讨厌也被一些人喜欢的人，在这里开始成长，开始找到自己，开始去朝着未来不停奔赴，去寻找更好的自己。

如果有一天，我可以自信满满，目光闪亮地走在北京的大街上，我也永远都不会忘记，那曾经是一个胆怯的、羞涩的、自卑的姑娘。

请给我时间，我愿意让自己慢慢地长成那个勇敢无畏、傲娇自信的样子。

DAY 3

愿我们彼此
终得圆满

人生有多难过，你就该有多坚强。有时我们走得太远，会忘记为何出发，会迷茫终点在哪里，那不是你的错，而是这人生太过漫长。

漫长到我们的犹豫彷徨都成为绊脚石，漫长到风雨袭来时以为不会停止，人生在世，不如意十之八九，不是你运气不好，而是我们都一样。

不那么容易实现的目标，才显得格外珍贵，也更有价值。潮起潮落，没什么了不起，风浪也总有平息的一刻，这是自然规律，不是大道理。

你愿意等，熬得住，一切都会过去，这也是规律，不是道理。

最牢固的感情，大都势均力敌

天涯上曾经有个高楼，说的是民国时期的原配和小三，看那些早已逝去的旧人的故事，总是会叫人想到很多。

很多人在回帖里痛斥那些抛弃结发妻子的渣男，声嘶力竭，又想起被无数姑娘转发的那句话“有朝一日剑在手，斩尽天下负心狗”，更是感觉不安。

我一直认为，感情的事，大半是由于情投意合，合则来，不合则去，人能够约束自己的是道德和责任，而非感情。从本质上来说，婚姻和爱情是背道而驰的。

而一段感情能否持久与牢固，很大程度上，是两人之间的博弈，势均力敌者方能走到最后。

势均力敌不仅仅体现在身家、背景上，更体现在两人的才学、性格、能力、兴趣和喜好上。

张学良不爱更加美貌端庄的于凤至，偏偏喜欢交际花赵四，无非是因为她性格泼辣外向不拘一格，赵四显然更对东北军少帅——豪放洒脱的张学良的胃口。

鲁迅那个偏激激进的革命斗士，自然同样无法对小脚女人朱安生出爱慕之意。他喜欢的许广平，才是真正能够欣赏他、支持他，能够同他在战乱年代相互扶持的女人。

若认真评价与徐志摩有关的三个女人，张幼仪其实更漂亮温柔，对徐志摩的感情更深，她甚至坚韧不拔，在大着肚子被徐志摩抛弃后也依旧咬着牙活得漂亮潇洒，带大了孩子，念了美国的学校，成为了女强人。

但是在洋派青年徐志摩的眼中，她依旧不过是个木讷无趣的乡下妇人，他更加喜欢的是林徽因的温婉聪明、才华横溢和陆小曼的妖娆娇俏、眼角眉梢都是风情。

而曾经爱过陈洁如的蒋委员长，在同宋美龄政治联姻之后，两人携手走过那么多年，怕是早就被宋美龄的才华和风度倾倒，将陈洁如抛之脑后了。看到后来的照片，年华老去顶着一颗光头的蒋委员长在优雅动人的宋美龄身边咧开嘴笑得像个孩子。所谓“执子之手，与子偕老”怕也就是这样了吧？

最让我羡慕不已的还是钱锺书和杨绛，他们之所以能够不离不弃相爱多年未变，除了两人品行优良，我想最关键的原因是，两人家世相当，都是书香世家，门当户对，结合令双方家长十分欢喜，无一人提出异议，才学也是不相上下，钱锺书自是满腹经纶，杨绛也是精通外文且文字绝佳。

最难得的是性格又恰好互补，钱锺书是孩子心性，完全不通世俗，偏偏杨绛肯照顾他的生活，替他处理世事。——我想，最完美的结合莫过于如此了吧？门当户对，兴趣相投，性格互补，说得来话，过得了日子。

说了这么多，也无非是想要说明一点，或许，很多人都不愿意承认的一点："很多时候，你以为是你的爱人辜负了自己，其实往往是你的成长跟不上他的脚步罢了。很多时候，你无奈于你的爱情历经挫折横生被双方父母干预，其实，不过是在更加理智的父母亲人眼中，你们的条件，当真是不般配罢了。"

换言之，你们不是一个层面上的对手，没有势均力敌来维持双方关系的平衡，感情能够起到的作用往往微乎其微，到最后，伤害只怕会是更深。

总有那么多平凡而又普通的姑娘做着灰姑娘的美梦，希望自己有一天可以遇见属于自己的王子，一见钟情，坠入爱河，不可自拔。

可是然后呢？

一个出身贫寒的姑娘，即使真的有缘可以遇见一个霸道总裁，即使霸道总裁真的爱上了她的善良无辜、青春可爱，难道在一起之后，他们就一定可以从此过上既幸福又美丽的生活吗？

或许，更普通的情况还是在这场恋爱里，她始终诚惶诚恐，小心翼翼，不敢闹，不敢纠缠，不敢发短信打电话，甚至明明知道他有另一个女人存在也选择忍气吞声，接受他的辩解。

她不得不接受他所有的家人和朋友对她的轻视，不得不为了维护这场爱情而拼尽全力，害怕自己跟不上他的脚步，害怕有朝一日他不再喜欢自己，害怕出现更漂亮更温柔的人。

这些不过是因为，在这场恋爱当中，他们从来都不是势均力敌，根本就不是一个层次的对手。在一段不对等的关系里，弱势的那一方，甚至连表示不满的资格都没有。维持他们之间关系的唯一准则只有：他爱不爱她——爱她，她是受尽宠爱的公主；不爱她，她一夕之间便可回到从前。

张爱玲在《倾城之恋》中，用一整座城市的覆没成全了范柳原和白流苏的爱情，这并不是言情小说的始祖张奶奶故意玩什么倾国倾城的浪漫，而是经历了家庭破落人情世故的她更加懂得：只有国破家亡性命攸关的时候，那些横亘在范柳原和白流苏之间的各种世俗和偏见，才会被这震耳欲聋的炮火给吓走，只剩下两颗跃动不已的心。

爱，有时候并不是没有，而是它从来都没有那么纯粹。

说得残酷一点，平民百姓若想嫁给贵族，那估计也得等到贵族破落了去。

人人都羡慕灰姑娘的好运气，然而这个美丽童话本身就狠狠地给了无数个心怀豪门梦的平凡姑娘一个耳光：灰姑娘本就是贵族，只有贵族才能拿到王子舞会的入场券，更何况她还有仙女这个外挂的存在。

正因为如此，她的美貌和独属于贵族的气质才可能令王子一见倾心，王子爱的不是她的衣服，更不是她的水晶鞋。而她的姐姐们，才是真正一无所有。

对一个姑娘来说，她最终的生活，包括自己的爱情，都应当是自己奋斗而来，她才可以不必诚惶诚恐，不必害怕失去，才可以更加从容而且坚定，只因为她懂得，此时此刻，站在那个人身边的自己，无论是各个方面，都是足以与他相配的，她并不害怕，因为，她终于有足够的自信，去抓住属于自己的一切。

人人都指望能够低投入高回报，每个平凡而有野心的姑娘，都希望自己能够获得一位英俊多金的成功男士的青睐，然而，在这个真实的世界里，即使在感情里，也没有捷径可以走。

我心有猛虎，
而你只需要一枝蔷薇

Hi：

要怎么称呼你呢？

我想了很久，都有些手足无措了，终于只对着键盘敲上了这个最简单的英文单词。

周五的三点半，在准备好开例会需要的所有资料，在等待会议开始的间隙，刷新了一下朋友圈，你和她的结婚照，就这样猝不及防地戳进我的眼睛。

九宫格排列的那些照片，你们亲吻相拥，笑容甜蜜，眼睛里溢满幸福。我看着这条状态下密密麻麻的点赞，共同朋友之间纷纷送上的祝福语，那瞬间，有恍惚的窒息。

我放下手机，走进会议室，讨论接连而来的选题、策划和文案，跟同事们争论、吐槽，为一个好的想法而鼓掌尖叫。

会议结束已经九点，踩着八厘米的高跟鞋，站在拥挤而闷热的地

铁里，脑海里又浮起你的结婚照片。

我不是没有幻想过，有一天，站在那些精致美好照片里的你身旁的，是我。

谢谢你，从我的青春里呼啸而过

我们认识整整十二年，做了六年最亲密无间的朋友。你知晓我所有不为人知的小秘密，知道我沉默背后的那些辛酸和难过，知道我傲娇背后的那些不安和恐惧。我们相互陪伴走过青春里璀璨也最荒芜的时候，然后在某个风和日丽的夏日里，我们还只是像兄弟一样打闹，你却突然握住了我的手，走了很久很久的一段路。

我面红耳赤地偷瞄你，你的侧脸那么好看，我一下子就没舍得挣扎开来。

我想，或许，我一直喜欢你吧；我想，我早就习惯了依赖你。

那一年，我们18岁。

暑假后，我们去了两个不同的城市，中间隔着好几个省份。

一开始浓情蜜意，发不完的短信，时时刻刻用最敏锐的神经感受着手机的震动，收到你的寥寥几个字都会眉开眼笑，仿佛从哪里偷了一块糖捂在心口，浑身都散发着香甜的气息。

经常打电话到凌晨，在昏暗的宿舍楼道里的尽头，小小的玻璃窗下，穿着睡裙光着脚冻得浑身冰凉的我，因为想要贪图跟你多说一刻钟电话，固执地不肯乖乖回宿舍睡觉。

你一次次笑，语气带着宠溺："小孩子。"

我以为，我们会一直这样；我以为，我会一直是你眼中的那个孩子，以为你所有的宠爱都是独一无二。

可是青春里，隔着好几千公里的一场恋爱，有太多的未知和变数，年华正好的我们，可以因为热血和冲动谈一场无所顾忌的恋爱，也同样可以因为热血和冲动在一次次争吵中消耗完彼此的耐心。

我们结束得匆忙而潦草，你像是一阵风，从我的青春里呼啸而过，让我感受到花的香甜，草的清新，春天的心动和期盼，然后，留我一人在回忆里醉生梦死，辗转反侧。

即使重逢，也过不了生活那一关

此后我过了一段颠倒而混乱的日子，但幸运的是，自己没有一直颠倒混乱下去。

你有了新的女友，我有了新的男友，我们之间的联系仅仅是各种社交网络上刷新的状态。

一直到毕业后，我回家，你恰好也回家。你身边没有旁人，我身边恰好也没有旁人。

仿佛一切又回到起点，你还是如同当年一样，什么都没有说，只是在某个突然的时刻，再次牵起了我的手。

你说："这一次，再也不要放开了好不好？"

你是个温柔有耐心的男生，会做好吃的饭，恋家，不热衷与人交往，话不多，笑起来，是春江水一圈圈散开的涟漪，是五月的花团锦簇。

我以为，这一次，我们会有一个美好的结局。

只是还是永无止境的争吵，从前种种可以包容下的小矛盾此时被一个个揭开，你指责我生活能力差，总是丢三落四没个正经，只知道工作不问闲事；我不满你不思进取得过且过，每天只知道买菜做饭侍弄花草赚钱不多。

曾经的依赖和温柔相待，在刻薄的叫嚣里，就变成了懒惰和没志气。

曾经的古灵精怪和活泼可爱，在生气时候的怒吼里，就变成了不靠谱和无理取闹。

我以为，我们在兜兜转转之后重逢是命中注定，却不承想，到底还是过不了生活那一关。

你说："你是个心有猛虎的姑娘，我留不住你。"

后来，你有了更靠谱的女友，你说她很好，你很喜欢她，她也很依赖你。

我说："很好。"

你说："你也赶紧找人嫁了，不要总是一个人。"

我说："我想要去更远的地方。"

你劝说："你身无所长，又不懂得照顾自己，去哪里？又能做什么？"

我固执："我会混得不错，你等着。"

3月底的时候，你在我家楼下等我，斜靠着墙壁，点着一支烟，还是我熟悉的样子，还是我熟悉的姿势，只是，你再也不是我的了。

我说："我要去北京了。"

你掐灭烟头："我知道。"

你说："在外面照顾好自己，有什么事给我打电话。"

你说："不要总是冒冒失失丢三落四，不要总是横冲直撞得罪人，对人对事都留个心眼。"

你说："赚到钱要多存着，不要总是大手大脚，在外面用钱的时候多。"

你顿了顿，又说："缺钱了给我打电话。"

…………

你看，你知道我所有的缺点和软弱的地方。

你絮絮叨叨地说着，我一一点头，然后你转身走向街头，我转身上楼。

我没有哭。

我心有猛虎，你只需要一枝蔷薇

一个人在北京的时候，有过因为压力大情绪崩溃的时候，有过因为被人误解觉得受委屈忍不住掉眼泪的时候，有过因为赶进度忙得颠三倒四简直要疯狂的时候，当然也有过剩余的存款不够交房租的时候。

不管遇见任何一种情况，我都没有给你打过电话。

你在我生日那天，给我发了一条短信，我也没有回。

那时候，从相熟的朋友口中得知，你们已经定了婚期。

你牵着女友的手在菜市场买菜的时候，我一个人在路边的面馆吃面。

你和女友并肩躺在沙发上看电视剧的时候，我还在办公室里加班一遍遍地改文案。

你们在一步步筹划着婚期新房装修的时候，我在为一点点工作中的进步而欢欣雀跃不已。

你曾经说过，你喜欢我们的小城，喜欢它的安逸、悠闲和自在，你喜欢身边有一个恰到好处的人，陪你过细水长流的日子，我很高兴，你终于找到了那个对的人。

而我，这个曾经叫你皱了一次次眉头的姑娘，喜欢的却是大城市的硕大和宽容，喜欢周末里一场又一场的讲座可以见到仰慕已久的作家，喜欢一场话剧，喜欢遇见的那些同我不一样境遇却同样相信自己可以通过努力奋斗成全自己的人。

我从来都知晓，我们向往的，根本就不是一个终点，期待的，根本就不是一种生活。

我曾经一次次想，你爱过我吗？

后来却还是放弃了这个命题，爱与不爱，你同我都不会再有任何关系。

你说："一个女孩子，为什么要有那么大的野心？"

你问我："你凭什么相信自己有足够的能力可以去征服世界？"

你问我："难道平平淡淡的生活不好吗？"

可是我曾经深深爱过的你啊，那个我爱了很多很多年的你，你从来都没有懂过我，你从来都不知道，我真正想要的是什么。

我一个人离开家乡，在外漂泊，是因为我知道，外面更大更精彩的世界才是我想要的。你曾经说过，你除了有点小才什么都不会，要怎么去北京立足?

这半年，我经历过很多辛苦，很多动荡，很多茫然无措的时候，很多时候，当我踩着高跟鞋在夜里十一点爬上六楼打开租住的小房间的时候，我都怀疑过自己，是不是真的错了？这么辛苦又是为了什么？难道说，真是只想着要出人头地吗？

可到了后来，我终于在一次次地铁的穿梭中明白过来，我想要的，是可以体验到更多的生活，是在这兵荒马乱的城市里努力找到自己的位置，用一点点进步让自己羽翼渐丰，然后一点点飞到更高的地方，看到更好的风景，去到更远的远方。

或许，你是对的，我是个心有猛虎的姑娘。

而你需要的只是一枝蔷薇，被你呵护，被你温柔对待。

你的新婚照片拍得很好，我知道，那是你一直以来最想要的生活，你身边的那个人，也是你细心妥帖对待的那个人。

而我，则需要在这座硕大无比的城市里，将我心中的那只猛虎渐渐饲养丰满，然后等待它有一天呼啸而出，带着我不断厮杀，目光敏锐，脚步坚定而从容。

不再是你的小姑娘

2015年10月于北京

他不过是没有那么喜欢你

01 ///

W先生与我相识在我18岁那年的初秋，我刚进入大学校门，第一次从小县城来到大合肥，激动万分，雀跃不已想要去逛一逛。

于是室友Z同学便拜托她同校的高中同学带我们去国购广场，Z同学复读一年，于是这位高中同学就比我们大一级，算得上是学长了。这位学长，就是W先生。

第一次见到W先生，只觉得这个男生个子很高，大概180cm还多一点的样子，但是我那时候和初恋先生还你侬我侬着，一路上都在不停地打电话，笑得花枝乱颤，等我终于在过马路的时候挂了电话，只听得W先生淡淡地来了一句：“看不出来啊，你居然有男朋友？”

我那时候丝毫不觉得这句话有半分不妥，只瞪大了眼睛问：“你怎么知道我有男朋友？”

W笑：“看你打电话那个表情就知道了，不是男朋友，才不会笑成那个样子。”

或许是W好奇，为何整个寝室都是单身，只有长相最普通的我竟然有男朋友。

于是，在逛了一圈回程的路上，他一直在同我聊天。

聊什么我忘记了，只记得自己跟个二百五似的，问了他关于学校的许多问题。

到了我们宿舍分开的时候，他说：“你很活泼啊，还很聪明。”

我说：“哦。”

初恋先生同我异地没多久就分了手。

在家里大哭了一场之后，我跑到理发店去给自己烫了爆炸头。

还记得那个周一的早上，我赶了早班火车回到学校，推开寝室门的时候，一屋子人震惊的表情，我至今记忆犹新，由此我得了一个至今仍被大学同学亲切称呼着的外号：爆爆。

于是我在入学不久就被众多同学迅速记住了，以一个爆炸头的形象。

大一的上半学期，我也不知道怎么回事就顶着我的爆炸头，跟W先生混得很熟，经常发短信，也会一起出去玩。

02 ///

那一年过年回家，我一个寒假同W发了一两千条短信，手机停了好几次机。有时候一个晚上来来回回就可以发一百来条。

我出去拜年的时候，W会说：“出去玩当心哦，别喝酒哦。”

我在家窝着的时候，W会说：“在家无聊啊，真想早点开学可以见到你啊。”

即使迟钝如我，也知道有什么东西不一样了。

那一年开学，正好临近情人节，我们都到了学校。

情人节的前一天晚上，W把我叫了出去，我有些许的期待，觉得他估计是要跟我表白了，结果他领着我在操场上转了好几圈居然什么都没说。

第二天的情人节，他更是彻底消失，一点影子都没有。

我那时候二逼哄哄的，完全没有意识到有什么不对劲，我只是觉得有人喜欢我，又跟我眉来眼去了这么久，好歹得苟且一番，要不然岂不是对不起我白白花出去的短信费吗?

但是，我想着自己好歹是个女孩子，自然不肯开口说什么的，于是我就静静等着W跟我表白的那一天。

在某个月黑风高的晚上，W约我去对面的学校遛弯，遛了一圈他就牵住了我的手，我也没挣开。

我假装很白痴地问：“你牵我手干吗啊？”

W说：“你做我女朋友吧。”

我继续假装很白痴：“我想想啊。”

他没说话，就给我拉怀里了。

然后我们就这样在一起了。

刚开始的恋爱，也是有些浪漫的。

W虽然算不上帅哥，但是人个子高啊，一起走在学校的时候，还是颇有些让我很自得的。尤其是在他胳膊一伸过来，把我搂在怀里的时候，总是会让我从心里升起几分小娇羞，有些小鸟依人的感觉。

我那时候会出去带家教，每天坐公交回来的时候，W都会在公交站牌等着我，大冬天的，一下车，有一男人，一见到你，就给搂怀里了，还摸摸你的脸，就算现在想来，都觉得是甜蜜的。

学校对面有家面馆，有时候他会请我吃面，点两份鸡腿面，然后把两个鸡腿都留给我。我们分手后，很长时间我仍去那家面馆，老板都会说："你那个给你鸡腿的男朋友怎么都不来了？"

那时候，我心里是充满欢喜的，简单地以为，能够给我拥抱、给我鸡腿吃的男人，就是喜欢我的，真心对我的，也是值得我真心对他的。我很满足，也很开心。

03 ///

可是这样的日子并没有持续多久，W就开始显现出了他的本性。

一开始的时候，他对我还算大方，一起逛超市，总会给我买我最爱吃的橙子。

第一次让我不开心，是有次我陪他去超市，买的都是他的日用品，还有我的一斤橙子。

W在路上突然说："我跟你在一起这个月，花了两千多。我爸都说我了。"

我很惊讶："啊？可是你又没花在我身上，为什么要这么说？"

我一直都认为，大家都是学生，所以我们出去买东西都是各付各的，我们正式在一起之后，他请我室友吃了一顿火锅，除此之外，他还真没给我花过钱。

不料他很认真地说："怎么和你没关系了？我钱都买衣服买鞋子了啊。"

我无语："可是你买的都是你自己的衣服鞋子什么的啊，你又没给我买，怎么跟我有关系呢？你还去做了个发型花了好几百呢！"

W振振有词："我买衣服买鞋子还有做发型，不是为了让自己看起来更帅吗？我不是你男朋友吗？我变帅了，你难道不会觉得有面子吗？"

我只觉得内心有一万头草泥马呼啸而过，我想着再继续这个话题我们该吵架了，于是我选择了闭嘴，很专心地剥手中的橙子。

那个周末我回家了一趟，恰好手机停机了，W打电话打不通，就去给我交了20块钱的话费。

等我来学校了，我就把这事儿给忘记了，就男朋友给自己交了20块的话费，我觉得也没必要记得。

W按捺不住了，没过几天就在课堂给我发短信，说他手机没话费了，让我给他交一下。

我正好没课，就顺路去给他交了50块。

话费单子打出来的时候，正好我瞅了一眼，不小心瞥到了，他的话费余额还有60多块呢。

当时我就震惊了，感觉这件小事有点超出自己可以承受的范围。

我很不开心，却不知道该怎么跟人说，只好去找我闺密打算跟她聊聊。

当天W问我：“下午有没有课，要干吗？”

我说：“下午我要去火车站，买车票去我闺密那儿。”

W说：“我正好在火车站呢，我给你买吧。”

我说：“好。”

W把车票给我的时候，我正好没带钱，于是我再次忘记了这事儿，那车票才19块钱。

我和初恋先生在一起的时候，从来没发生过要我把这几块钱还给他的事儿，于是我真的就没把这当成回事。

又过了一星期，W说他要回家，让我陪他一起买车票。

到了火车站，排了很长的队，等到了W的时候，我就退出了队伍，站在一边等他。

W把钱包掏出来之后，迟疑了半天，然后跟我说：“上次你火车票，是我给你买的吧？”

我说：“啊？”

然后，我就反应过来了。

我说：“哦，你这张多少钱？”

他说：“十块零五毛。”

我掏出钱给他，不再说话。

出了售票大厅之后，我脸很黑。

W估计是看出我不高兴了，然后说：“我们去吃麦当劳吧。”

我不说话。

然后他就直接牵着我的手去了麦爷爷家。

到了柜台，我还在仰着头想着要吃什么。

一回头，看到W从口袋里掏出了一张皱巴巴的广告传单，就是那种大街上经常发的，麦当劳的定时优惠宣传单，一块块抠下来的那种，周几周几啥优惠个一块或者五毛的那种。

W问："你要吃什么？"

我说："我要个冰激凌，还要个……"

W打断了我，朝着广告单子看了几眼后说："那个今天不优惠。买可乐和薯条吧，今天买可以便宜两块五呢。"

我说："哦。"

然后，我们就在大中午吃午饭的时候，坐在麦当劳里，两人吃了一份中薯（是的，两人点了一份中薯），一人喝了一杯可乐。

我感觉，自己的脸色已经很不好看了。

出了门，我就低着头往前走，W拉着我说："我们去图书馆吧，你不是要去借书吗？"

我说："不去了，直接回宿舍吧。"

W开始哄我，一路上在公交上给我唱歌，搂着我开始唱《甜蜜蜜》，终于又把我给哄高兴了。

到了学校门口，刚好有人在摆摊卖小金鱼。

于是我很欢快地跑了过去，兴致勃勃地盯着鱼缸看着，双眼放光地看着金鱼大呼小叫："哎呀，小金鱼好可爱好可爱好想养。"

W很不耐烦："别看了，你多大了，还要这个。"

我当时正兴奋着呢，于是一溜嘴就说："哎呀，你怎么这样啊，我看看怎么了，隔壁那个×××，她男朋友昨天还送了她一缸子金鱼，可好玩了。"

这个×××正好W也认识，然后W就说："你要是有×××那么好看，你要什么我就给你买什么。"

04 ///

我站起来，只觉得脑子里轰的一声，原来是这样啊，原来是这样啊。

我们在一起，他好像真的没送过我什么礼物，也真的没给我买过值钱东西，我一直不在意这些，觉得大家都还是学生，就算是偶尔在一起吃饭，有时候也会我刷卡。

我以为这样很好，却原来是这样啊。

原来是因为我不好看啊。

我默默地看了他一眼，就转身走掉了。

他叫了我一声。

我没答应。

我自己一个人到了图书馆，借了书，然后下楼，收到他的短信："你什么意思？我不就说错了一句话吗？我道歉还不行吗？你怎么这么任性？你是想分手吗？"

我回："嗯，那就分手吧。"

出了图书馆大门，眼泪就掉了下来。

一路哭完了回到寝室，跟众位室友宣布，我失恋了。

然后爬上床睡得昏天暗地。

醒来的时候，手机上N个未接电话，N条短信，都是W的，意思是他错了，对不起，可不可以算了，不要生气了。

我想了想，觉得我没有多生气，只是感觉挺轻松的。

可能我内心里一直在期待着和W分手，却一直没有找到合适的理由吧。

这下真的分了，虽然多少有些难过，但是总归是过去了。

可是失恋了，总归是不开心，于是我又打算回家了。

我没告诉W，但是寝室里的Z同学还是给他通风报信了。

刚出了寝室门，就看到他等在门口的大树下。

他一路跟着我，上了公交，到了火车站，买了火车票，在车站外等着车。

我一直没搭理他。

然后，他问："你是不是真的不打算和我和好了？"

我没说话，有什么好和好的呢？

他说："你是不是还在生气？我错了还不行吗？我只是随口说说而已。"

我心里想着，我真的没生气，我只是不想和你在一起了而已。

我说："快到点了，我要进去了。"

他拉住了我，然后，开始啪啪地掉眼泪。

一个一米八几的大男人，突然站在你面前哭，其实还是蛮那什么的。我真的感觉，我差一点就要说算了算了，我们和好吧。

可是，就是差那么一点。

我回了家。

后来W又拖着Z约我出去吃过饭，一起出去玩过，但是，就是真的，突然间有种感觉，觉得以前和他在一起的那些回忆开始变得很遥远，我几乎想不起来，为什么那时候和他在一起会很开心，我甚至很想把这一段记忆删除，不愿意再回想起和这个人的一切。

我想，反正我是不能再和W和好了。

后来，W恋爱了，又分手了，又恋爱了。

我也恋爱了，又分手了。

后来我们几乎再也没见过，虽然在一个学校，可是想要避开一个人也是很容易的事情。

唯一的一次见面，是我大三，他已经大四，开始在外实习，某次在食堂碰到。

那时候我变得稍微好看了一点，会打扮了些，穿着大衣和高跟鞋，留着短发。不再像当年一样，总是穿着肥大的裤子和运动鞋，跟个流氓小混混一样，还长了一脸精光闪闪的痘。

他看到我的时候说："呀，美女，怎么变漂亮了？"

我笑笑，没说话。

晚上打开电脑，发现他申请加我为QQ好友，我想都没想，就点了拒绝。

然后，就没有然后了，我再也没见过他。

后来过了两年，我们都毕业了，有一次和大学同学闲聊，我才知道，W在和我发短信的时候，还给我们班另一位女神级的姑娘S小姐也发着短信。

甚至在我们已经确定在一起之后，他还跟S说："我和爆爆不是真的，你如果愿意答应我，我立马和她说清楚。"

05 ///

我一直以为W是喜欢我的，每天给我短信，给我讲笑话，不管我想去哪儿都带我去，帮我准备四级考试的所有资料……

年少单纯的我，总是以为，这难道不就是喜欢吗？

却不承想，这不过是自己的一厢情愿，自己不过是对方暧昧对象中的一个，甚至，W那时候情人节是和女神表白被拒绝了之后才在几天之后来找我的，只是我一直不知道而已。

又或许相处了一段时间之后，他多少还是有些喜欢我的吧。

只不过他心中的理想对象一直是S那种女神，而我，不过是个长相平凡又傻乎乎的小丫头。

也许他潜意识里，认为我是配不上他的，所以就算给我花了十几块钱，也要斤斤计较着。

到后来才懂得，他对你没那么好，本来就是因为没有那么喜欢你。

到后来才懂得，就算他对你好，也有可能会对另一个人更好。

到后来才懂得，就算一个男人为你掉了眼泪，也不一定是因为多爱你，不过是在难过自己追不到女神，到手的这个二货女友又要落跑而已。

青春里，那些单纯简单的爱，说到底，不过是一场一点都不浪漫的误会而已。

我始终以为，一个男人若不肯对一个女人花心思，无论是时间还是金钱，原因无他，要么他没有，要么，就是认为你不值得。

现在想来，我19岁那年，确实是不够好看，还总是穿得又土又丑，顶着一个爆炸头，张牙舞爪的，一天到晚没心没肺，啥事儿都不懂。那时候，在他眼中，我的确是不够好吧。

这么些年过去，到底也没野猪大改造，变成大美女，但总算是学会了在穿裙子的时候并拢双腿，在穿高跟鞋的时候不再摔跤，在有陌生人的时候不再大声说话笑得跟个傻×一样，不再动不动就哭，不再有了委屈也不肯说，只是埋头不吭声自己一个人在内心翻江倒海暗自做决定。

我依旧没有谈过一场正儿八经的恋爱，经历过人生的最低谷，最难过的时候，走在路上就会突然有眼泪掉下来，可是那个时候，也不再觉得，没有一个人的拥抱，是一件难以忍受的事情。

到最后，终于懂得，人生的任何一场旅途，其实都是一个人走过，咬着牙熬过那些血泪交杂的过往，依旧要独自一人踉跄前行，无路可逃，无路可退。

我庆幸的是，自己一直没有妥协，没有因为觉得快要撑不下去，就去选择一个不想要的拥抱，也没有因为觉得自己的生活糟糕透了，就随便抓住一只不想牵住的手。

我庆幸的是，自己一直在不停地往前走，哪怕经历过那些很难过很难过的事情，也一直没有放弃，依旧在朝着内心的光芒之处不断奔跑。

年少的时候，以为爱情是生命的全部。

到了这个时候，终于明白，一个人首先应该成全的其实是自己。

任何一段感情，应该成为的是你的锦上花，而不是你的救命稻草，不是你的雪中炭。

嫁了人，
就一切都会变好吗

十一的时候回家，晚上跟我妈一边看电视剧一边嗑核桃一边聊天。

我妈问我："涨工资了吗？"

我说："没啊。"

又问我："谈恋爱了吗？"

我说："没啊。"

我妈大惊："那你混个屁啊！不如回家算了！"

我："……"

我妈："又没钱年纪又越来越大了，过两年就嫁不出去了。"

我笑："难道嫁人了就一定会好吗？"

我妈说："那当然了，嫁人了总比一个人过日子要强吧。"

我叹口气，说："那可不一定，我跟你说说我认识的一个姑娘。"

01 ///

2012年年底，我在我们当地一家公司做人事。

凉凉是其他部门同事。她和我一个朋友秋秋住一个宿舍，在一起吃过饭喝过茶，一来二去就这么熟悉了。

凉凉长得清秀，漆黑浓密的头发总是绑成干净利落的马尾，齐刘海儿，看起来文文静静的样子。

我却总是风风火火的，和谁在一起总是忘记控制音量，咋咋呼呼的。

我和秋秋总是在一块儿斗嘴，使劲损对方，吵得不亦乐乎。

凉凉总是在一旁看着我们笑，默默地。

我跟秋秋说："凉凉怎么这么斯文？简直不像是跟我们一个年纪的小姑娘。"

秋秋沉默许久，才缓缓告诉我凉凉的事情。

凉凉的妈妈在凉凉很小的时候就去世了，她爸爸娶了后妈之后就对她不管不问，后妈对她极为苛刻。

秋秋说："她和你一样，高考都没考好，上了三本，后妈嫌弃学费贵，几次都不愿意让她念，后来好不容易同意她上学了，又总是克扣她的生活费。凉凉人太老实，不会说话，做兼职也不行，在学校的时候，只能把一点钱省着用。"

又说："她不愿意回家，明明家就在市区，周末的时候也情愿跟我们一起赖在宿舍里。她只要一回家，后妈就变着法儿不是问她要钱就是要她买东西。她的工资大半都补贴给了家里，半分也没存下，一个小姑娘，都没钱买几件好衣服穿。"

我唏嘘不已，连连感叹：“幸好，我妈没给我找个后爸。”

秋秋给我一个白眼：“你跟她不一样，你个性要强，就算你妈给你找了后爸，要是人家敢欺负你，估计你能跟人打起来！”

秋秋又叹一口气：“她也是命苦，小时候被打怕了，家里人说什么就是什么，从来都不敢反抗。”

那以后，我每次坐车见到凉凉的时候，总是蹭到她身边，叽叽歪歪地缠着她跟她说话。

我跟她乱七八糟地胡扯，公司里的趣事，共同认识的人的八卦，最近正火的韩剧……

凉凉还是不大出声，看着我一个人在那里张牙舞爪地念叨个不停，动不动笑得龇牙咧嘴，她问我：“你怎么总是这么乐呵呵的？”

我一本正经地回答她：“因为我是宇宙第一青春无敌美少女。”

她笑起来，还是淡淡的。

那时候，我总是觉得很开心，这姑娘，见到她笑一下，可真不容易。

02 ///

有段时间，不知道为什么，我大概有一个多月都没见到凉凉。

后来有一天，终于见到她上车，穿着一件大红色短袄，过时的花样，质量也不大好。

我挤到她身边去问她：“怎么了？好久不见你了，是生病了吗？”

凉凉抬起头来，目光淡淡的，然后说：“我前段时间结婚了。”

我惊了一下，脱口而出：“你什么时候有的男朋友？”

凉凉低下头，好久才说："家里给介绍的。"

我继续追问："那你喜欢他吗？"

凉凉把头看向了窗外，又是过了好久才说："我爸让我结婚，我就结了。"

我想都没想就吼起来："你怎么这么听话，你爸叫你干吗你就干吗啊？这是你自己的事情啊！"

她低下头不再说话，很快就下了车。

我后知后觉地后悔不迭，自己说话也太不懂得分寸。简直叫人讨厌。人都有自己的不得已，又何必总用自己的那一套去振振有词地质问别人？

后来见到了秋秋，才知道关于凉凉嫁人的事情。

她后妈想要她早点嫁出去，动辄指桑骂槐地说她这么大姑娘还赖在家里，没有人要，还总是回家吃他们的喝他们的。她爸就给她介绍了一个对象，草草见过面之后，就定好了日子。上个月举行了婚礼。

我问秋秋："是什么样的对象？"

秋秋一贯脾气好，在这时却忍不住提高了音调，像跟人吵架似的恶狠狠地说："什么样的对象！高中都没有毕业，以前就是个混混！比她大了差不多十岁，你说要是个好人至于三十多了还不结婚吗？我真不知道她爸怎么想的？把自己亲生女儿往火坑里推！"

我睁大了眼睛："不是吧？凉凉为什么会同意？你不是跟我说过，凉凉有喜欢的人吗？"

秋秋说："不同意能怎么样？天天在家骂得话都不能听。她结婚的时候，我去了，你不知道凉凉哭得有多惨。女方都没有多少人参加婚礼，只有我们几个同事，就这么嫁过去了，嫁妆都没有几件，男方那边很看不起的样子，当着我们的面说话都不客气，还不知道凉凉以后会吃什么苦呢！”

秋秋还说了一件事，凉凉结婚后，在偶然的情况下，见到了大学默默暗恋了三年的学长，那个学长问她要了电话，然后在晚上发了很长的信息告诉她，自己喜欢她很久了，一直没有机会认识，她又太低调，不敢贸然接近，如今居然能够重逢，希望她能给他一个机会。

凉凉躲到卫生间里，看完那条短信，哭到差点窒息，又死死咬着牙不敢出声，用尽了所有的力气，才回了一句：“对不起，我结婚了。”

03 ///

结婚过后，凉凉就不再住公司宿舍了。我想着，不在后妈身边，或许她生活会好一点呢。而且她是新婚，至少会比以前过得开心点吧。

可是每次见到凉凉上车，都是苍白着脸，独自一人坐在角落里沉默着。

她不再像以前一样，一上车就到处用眼睛搜寻我的踪迹，然后等着我蹭到她身边跟她说话。

我眼睁睁地看着她上车，下车。

几次想跟她说些什么，却还是欲言又止，生怕自己又脑子短路，说出什么叫人不开心的话来。

过了些日子，我只好每天开始和其他同事继续说笑打闹，说着一些无关紧要的八卦和笑话，有时候凉凉会看我们一两眼，被我发现后，又立马转过头去。

转眼间就到了夏天，有一天，我和朋友一起逛街，遇见了凉凉直直地朝我走来。我笑着跟她打招呼。

这时候我才发现，几个月没有在意，她的腰身已经粗了一圈，穿着一件大花裙子，光着脚踩着双塑料拖鞋，走路的时候微微扶着肚子，脸上冒出几颗斑点。

我明白过来："你怀孕了？"

凉凉摸着自己的肚子，微微笑着："是，有好几个月了。"

我看她独自一人，还一手提着一个看起来很沉的大袋子，便问道："你老公呢？怎么让你一个人出来逛街，还买这么多东西？"

她还是微微笑着："他在家，懒得出来。"

我张了张嘴，想说上一两句，又生生地忍住了，别人的老公，又怎么好多说什么。

我送她上了公交，跟她挥手，她看着我笑，倒是比往常时候要显得开心一点。

回家的时候，我还是觉得心里不是滋味，便给秋秋打电话，询问凉凉的现状。

秋秋又是怒气冲冲的样子，差一点就要破口大骂："你都不知道，她老公结婚了之后，就没上班了。现在凉凉怀孕了，他也什么事都不管，家里的开支全要凉凉的工资付，下了班还得赶回去做饭。凉凉身体不好，怀孕的时候，都没钱买点好吃的。除了我们几个上次去看她，送了她几箱牛奶，她家里什么补品都没有。"

我忍不住问道："她一个月才多少工资？怎么负担她和她老公两个人的生活？那个男人不上班，以后孩子出生了怎么办？"

秋秋气得语无伦次起来："我也是这么说！劝了凉凉好多次，可是每次她就只会哭，说自己只要一提起让老公去上班，就会挨打。现在她怀孕了，怕伤到孩子，根本不敢跟老公多说话，只能事事都顺着他……"

我张口结舌，不知道该说什么好，只能再一次问："凉凉当初为什么同意结婚？"

秋秋叹气："她以为迟早要嫁人的，反正除了嫁人，也没有其他的出路。"

我愤怒地说："谁说除了嫁人就没有其他的出路？她可以自己上班，挣钱养活自己。她如果不愿意回家，大可以一走了之，去外地上班，既然家里人对她不好，为什么要这样事事都听他们的？"

秋秋说："不是所有人都和你有一样的想法，对凉凉来说，她估计从来没有想过，自己还有其他的出路吧。"

04 ///

我妈听我说完凉凉的事，沉默了半天才说："这样的人家，我也不会让你嫁啊。你要是找了个好男人，肯定会比现在过得好。"

我笑："只是我觉得我过得好不好是我自己的事情，我才不要把自己的下半辈子，就赌在嫁给一个好男人身上。"

我妈给了我一个大白眼："你就傲娇死去吧。反正我也管不着你。"

然后她站起身，出门找人打麻将去了。

我爸刚不在的那段时间，我们家瞬间涌进了无数三姑六婆七大姑八大姨，甚至是隔壁村我不认识的大妈大婶们。

她们在熟悉的邻居陪同下，来到我家，拉着我的手，跟我说上三句话，几乎都要哽咽起来："你这个丫头啊，怎么这么命苦，以后可要怎么办？"

几句寒暄过后，便开始告诉我，哪里哪里有一个正当好年纪的男人，身份各异，五花八门干啥的都有，大部分是中专或者高中毕业，人老实，在城里有套房子。

她们无比真诚地跟我说："家里没有房子的，我也就不给你介绍了，你放心，人是老实人，肯定不会让你受欺负。"

然后我只觉得无比尴尬，几乎想要找个地缝钻进去。

我没有办法跟人解释什么。说什么呢？而且我知道她们是出于善意，无法跟人拉下脸。

她们有着完美的逻辑等着说服我——对女人来说，最要紧的便是找个人嫁了，只要人老实，家里有房子，就算得上是十分优越的条件，值得托付终身。至于人性格如何，兴趣是什么，那都是无关紧要不相干的事。

你要是说我不喜欢，那便更是笑话。

喜欢能做什么？能拿来当饭吃吗？

她们说："哪有什么喜欢不喜欢，都是过日子而已，反正不都是一辈子。"

我理解她们的善意，在她们的理解范围里，对我来说，找到一个靠谱的男人嫁了，似乎是唯一的出路。

是啊，一个女孩子，无依无靠，如果不嫁人，难道还有什么其他的出路吗?

05 ///

身边有太多的姑娘，总是在日子不顺遂的时候说：“找个人嫁了算了。”

可是，你怎么知道，嫁了人之后，生活就一定会变好呢?

有太多的姑娘，因为觉得太辛苦或者太累，或者因为想要过上更好的生活，总是期待着用婚姻来改变自己的命运，提高自己的生活水平。

用年轻和美貌换取优越的生活条件，在很多人眼中，是一件值得炫耀的事情——你看这姑娘多有本事，能够嫁到这样好的人家。

就算不那么貌美，若是在合适的年纪早早嫁人生子，只要结婚对象没有那么不堪，也总是叫人夸赞的——你看，这样的一辈子才是圆满。

若是到了年纪还不嫁人，便迅速被周围人的口水淹没，仿佛犯了弥天大罪，不可原谅。

你想要优越的生活，想要和老公恩爱孩子听话，想要事业有成家庭和睦……你想要的太多太多，可是你能够付出的，有多少呢?

生命中没有捷径，任何一种愿望都需要付出极大的耐心和坚持才能够实现，而不是仗着自己年轻貌美如同买彩票一样去希求通过“嫁一个好人家”来换取。

这同博彩没有什么区别，甚至成功率更低。

我们都希望自己生活美满，万事如意，可往往很多时候，太多人都没有踏踏实实一步一步走路，而是焦躁地希望有一条捷径降临到自己身边，而婚姻，是她们能够想到的最好最快速的方式。

并不是心怀叵测，认为那些嫁了人的姑娘就一定会过得不如意，没有婚前幸福。我希望每个披上婚纱的姑娘都会有一段美满幸福的婚姻。我身边同样有很多姑娘，恋爱结婚生娃一路走来顺风顺水，日子过得滋润简单，叫人艳羡不已。

只是，婚姻应当是生命中顺其自然的一个过程，它不是一个借以提高自己生活水准的跳板，也不是一个让自己逃离糟糕状态的理想途经。任何一段婚姻，它发生的意义应该是两个人被对方吸引无法分离，打定主意了要在一起度过一生，而不是其中的一方企图从这段婚姻中获取什么。

我一点都不否认婚姻的意义，也一直期待着爱情降临，期待着自己穿上婚纱的那一天的到来。只是我更加清楚的是，我想要的，是一段长久的坚固的感情，我想要的那个人，是一个温柔有趣积极善良让我喜欢并且欣赏的人，而在此之前，我深知，自己需要做的是，不断地让自己也变成一个温柔有趣积极善良的值得人喜欢和欣赏的人。我希望遇见的那个人，他应该与我一样，我们在途中相遇，只因为被对方真心吸引而非其他。

我相信，自己想要的所有终点，都可以经由自己一步一步踏实跋涉去抵达。纵使路遥马亡，纵使前路漫漫，我知道，那一天总会到来。

我相信，有一天，我值得更好的爱情更好的生活，因为我相信，我一直在努力成为更好的自己。

我想要的不是一个男朋友或者丈夫，而是你

01 ///

过年回家的那几天，每天我都从村头溜达到村尾，不管是哪位大妈，见到我的第一句话就是：“丫头有没有说人家？”“没有……”“你可怎么办啊？都这么大年纪了……”

去姑妈家里拜年，更是被撂下狠话：“你都快30岁了，还不找男朋友，我跟你说，要是明年你还不带男朋友回家，就不用来我家拜年了！”

我那已经80岁的奶奶，更是恨不得一把鼻涕一把泪地拉着亲戚们的手念叨：“我们家丫头啊可怎么办……”

吓得我初四那天，就拎着行李逃回了北京。

在半路上发了条朋友圈，表达了下今年的雄心壮志，比如今年要看多少本书，写多少篇文章之类的。

还没放下行李，在路上收到星姐的微信："看100本书，写100篇文章，有什么用？还不是没有男朋友？文艺男青年那么多，你去找啊！外面的不好认识，公司的也可以找啊！实在找不到男的，你找女的也可以啊！"

我当然知道他们都是因为爱我才这么关心我的终身大事，对于所有人的牵挂都深表感激，被念叨的时候，也时常感觉温馨。

人是一种很奇怪的动物，特别喜欢年终总结，以及依赖一些大事记来给自己的人生做规划，比起个人成长和发展个人价值，他们更关心的似乎永远都是你在什么年纪做了什么事，最好是所有人都按部就班，该上学的时候上学，该毕业的时候毕业，该结婚生孩子的时候结婚生孩子。

一步也不能错，甚至还不能比别人做得差。之前是比较谁的成绩更好考的大学更牛叉，现在是比谁的年薪更高嫁的人家更有钱娶的媳妇更漂亮。

然而似乎很少有人会去关心今年你过得怎么样，你想做的事都做到哪里了，未来有什么计划，你真正想要的生活是什么样的。

对于人生，大部分人的想象力都匮乏得叫人可怕，似乎结婚生孩子，有一份靠谱的工作，就已经完成了一个人的全部意义。在旁人的眼中，也似乎只有完成了这些，你才是那个懂事靠谱的好孩子，至于你的感情和婚姻是如何千疮百孔，从来都没有人会在意。

我周围所有的朋友似乎都比我还着急，大概都觉得我日子过得糊里糊涂，出门会迷路，去哪儿转一圈都会丢东西，十分不靠谱，万分不着调，有个人照顾我会比较好。他们都觉得，一个人在外面无依无靠的，找个人会更好。

好像所有人都认为，你生活中所有复杂恼人的问题，都可以用“找一个男朋友”这样的方式简单粗暴地解决。

02 ///

难道我不想恋爱吗？

其实，明明是想的。

而且说实话，非常想。

难道不想结婚吗？

我从来都不是一个坚定不移的不婚主义者，亦从来都觉得婚姻和家庭是能够给人生带来绝大的温暖和爱意的一件事。

只是我始终觉得，谈恋爱结婚这种事，从来都不是你认识一个人，觉得双方条件不错，看上去“还凑合”“还行吧”“就这样”就能够欢欢喜喜去约会吃饭看电影接吻上床然后找个日子就把证给领了这样一个简单、敷衍、潦草、漫不经心的必备流程。

伊心写过一篇文章，提到电影《成为简·奥斯汀》，我和伊心一样，都是简·奥斯汀的忠实读者，在过往的那些孤独岁月里，简·奥斯汀的小说和所有关于她的文字和电影，都深深地治愈着我。

春节在家，重新翻出简·奥斯汀的传记来看，那本小说详尽地描述了简的家族变迁和她的日常生活，并不如电影里演的那般惊心动魄，她当然也从来没有跟汤姆私奔的想法，他们只是见过几次面，彼此都在对方心里留下了深深的印记，后来——后来他按照家里的需要娶了有钱人家的女儿，而她选择了独自一生给后世的读者留下来六本经典著作。

简的一生，都依靠着兄弟们的资助生活，过得贫寒又窘迫，还时时受到嫂子的责难，她原本是有机会结婚的，曾经有条件尚可的青年跟她求婚，但是被她拒绝了。

书里的一段文字，叫人记忆深刻："在她和汤姆·勒弗洛伊的关系中，她并不是想找一个丈夫，她想要他本人，其他人——像她嫂子玛丽这样的人，认为只要有个老公就行，其他没什么大不了的。简不能强迫自己结婚，但她决定在自己的小说家之路上坚定前进。这是她能做的。"

在简生活的那个年代，女性大都没有财产继承权，几乎完全倚靠男人生存，做出这样的决定，拒绝一个年薪优渥的男青年的求婚，选择与贫寒和周遭人的非议度过一生，比如今的我们要更加艰难。

既然简都可以用巨大的勇气去抵抗不想要的婚姻，宁愿忍受贫穷去抓住渺茫的希望，用手中的笔去养活自己，我们这些根本不愁生存的职业女性，又有什么理由因为生活所迫和社会压力，去选择一段其实你根本不期待的婚姻呢？

03 ///

前段时间参加一个女性职业规划的聚会，我的朋友张超在现场说了一段话，给我带来了极大的震撼："为什么中国女性容易不快乐？因为我们总是活在别人给我们设定的很多框架里，我们永远都在拿着社会的标准跟自己对比，不断地谴责自己，认为自己不够漂亮，不够苗条，工作不够有能力，不够温柔贤惠，不够善解人意。可是实际上呢？这种框架不仅仅是对女性的限制，还是对人的限制。为什么我们不可以坦然地承认自己的价值，去追求自己理想的生活，而只是仅仅满足周围人对你的期待呢？"

在过去的二十几年里，谈过三三两两的恋爱，跟不同的男孩子接触过，喜欢过别人，也被人喜欢过，很多人都跟我说过类似这样的话：那个×××条件挺好的，你还有什么不满意的呢？

很多时候我都在想，什么叫作条件挺好的呢？在大部分人的眼中，所谓的条件好，大概指的是对方家境尚可工作尚可，嫁给他，能够保证未来生活踏实安稳，用他们的话来说，"至少不需要那么辛苦"。

不止一次地，我反复审视过自己的恋爱动机，从什么时候开始，我们在爱情和婚姻中变得越来越势利和投机呢？如果一个女孩子，企图依靠婚姻来改变自己的生活水平满足自己的物质需求，那么她牺牲的，也许是一生的爱和自由。

把"从此不需要那么辛苦"这样一件重要的事情，托付给一个陌生人，全然没有自己努力拼搏得来的一切更有安全感。

我们选择一个人，难道不是因为这个人有能力给你带来幸福，而你同样有能力给他带来快乐？你们的结合，对彼此而言，都会让对方在岁月和时光的陪伴中变成越来越好的人吗？

我所期待的爱情和婚姻，从来都不是凭借这些当作跳板，用自己所谓的婚姻市场的价值，去换取下半辈子的小康生活；也不是找一个老实本分的人，用对方的沉默和无趣，换来下半辈子的安稳顺遂。我想要的那个人，必须是那个人，那个当简·奥斯汀认识汤姆·勒弗洛伊的时候就很确定的一件事，她想要的，是他本人，而不是一个丈夫。

生命的本质都是孤独的，有男朋友或者丈夫，并不能将我们从这种孤独中解救出来。

可是，如果你有幸能够得到一个真心相爱的人，也许才能够感受到踏实的爱与陪伴。

对于一个有能力养活自己，并且并不企图靠婚姻完成社会阶层流动的现代女性，也许我们能够保留住内心的那一点初心，去等候那个让你可以确定你想要的是他本人的那个人；而不需迫于生活压力和周遭人的非议，潦草地进入一段并不能带来爱和感动的关系。

我想要的，从来都不是一个男朋友或者丈夫，而是你——
那个可以跟我说很久的话不会腻的你
那个只是静静在一起待着就会感觉很开心的你
那个只要见到你就会让我全身充满力量的你
那个值得我用所有的时间去等待积累所有的勇气去靠近的你

我不知道你何时会出现

我也不知道你是不是会和我有同样的期待和向往

我不知道我们能否有机会遇见

我也不知道此生我有没有运气去拥有一段

只因为爱和自由在一起的爱情

但我十分确信的一点是，也许我足够幼稚，也许我足够任性，无论这世事如何变迁，无论生活是多么琐碎和庸扰，无论普世价值观里认为女人的正义使命是趁早结婚生孩子照顾家庭，我也依然坚信："深沉隽永的爱，启程于年少，永不跌落的灵魂会选择自由与爱，宁愿嫁给孤独与岁月，而不是嫁给婚姻。"

正如《怦然心动》里所说："有些人沦为平庸浅薄，金玉其外，而败絮其中。可不经意间，有一天你会遇到一个彩虹般绚丽的人，当你遇见这个人，你会觉得无比幸福。"

DAY 4

为喜欢的事
多花些力气

你是什么样的人，就会看到什么样的事，遇到什么样的风景。

我们来到这个世界上，可不是为了永远停留在原地：你要站在山顶，就不要停下此刻攀登的脚步；你要见识更大的天地，就不要掩饰自己期待的内心。

这个世界不会满足你所有的期待，但总会给予你惊喜，为喜欢的事情多花些力气，哪怕最后结果不是最好的，但一定是你所能达到的极致。

如果还没有，还在等什么？继续前行吧。

你想要的，
别人凭什么给你？

前段时间，看到知乎上的一条回答，关于“要不要跟上铺的孕妇换座位”，有个姑娘的回答让我记忆犹新。

她说，一个孕妇，出门的时候自己不小心，不能多刷几次票吗？不能让家人去车站坚持买下铺的票吗？怎么能这么草率地把自己和孩子的安全托付给陌生人的善意？你有什么资格去损害一个陌生人的利益，要求别人把他的座位平白无故地让给你？就因为你是孕妇你的需求比较正当吗？

突然想到，很多人找人帮忙的时候，同样是如此，大都抱着一副“因为我需要，所以你应该给我”“我是弱者，我现在急需，你为什么还不满足我”的态度。

如果你拒绝我，那就是你自私，你冷漠，你没有人性，恨不得站在道德制高点上将你打上坏人的标签，供众人唾骂和攻击，好像这个世界是因为你的存在，才变得如何冰冷和现实。

但是，凭什么呢？

最近一直在看蒋勋的《蒋勋说红楼梦》，年少时候看这部书，只关注到了黛玉宝玉和宝钗之间纠缠不清的小儿女爱情故事，到了这会儿重新看蒋勋的解读才意识到，这部书里，作者花了很大的篇幅去描写除了风花雪月之外的一些底层人民柴米油盐的心酸人生。

其中说到，贾府有个很卑微的年轻人，叫作贾芸。他幼年丧父，被舅舅霸占了家产，跟着年迈的母亲一起生活，经常找不到工作，家里连饭都吃不上。

贾芸想去巴结王熙凤，求凤姐给自己一份工作糊口。

王熙凤见到他的时候，是连脚步都没停、眼皮都没抬一下的，只是闲闲地跟他应付了几句。贾芸需要说一句话，可以让王熙凤停下来。

于是贾芸说："妈妈说婶婶身子生得单弱，事情又多，亏婶子好大的精神，能够料理得周周全全。要是差一点的，早累得不知怎么样呢。"

蒋勋说"贾芸太了解王熙凤了，她是个好强的人，这是她的软肋，她忽然觉得这话有点儿意思，大庭广众地让她很有面子"，也只有把话说到了别人心坎里，王熙凤才会停住脚步，听贾芸把话说完，贾芸才有机会。

然后贾芸才编了一堆话，把自己给王熙凤准备的礼物给送了出去，贾芸还很知道分寸没有直接开口求工作，只说自己是关心王熙凤的身体，才想着送她补品，他需要找到更合适的机会再张口说工作的事。

到了第二天，贾芸又到门口去等凤姐，因为他之前去拜托过贾琏，却并没有成功，凤姐这会儿就嗔怪他，原来你昨天送我冰片、麝香，是为了找工作。

贾芸马上就说："求叔叔这事，婶婶休提，我这里正后悔呢！"他的奉承，对于王熙凤来说正好受用，因为她觉得有面子，她喜欢听到别人说她比丈夫能干。

在《红楼梦》里，贾芸并不是主角，只在几个回合里有出现过，他身份低微，家境贫寒，也正是这样恶劣的环境，才让他早早地就看穿了人情复杂，学会了如何从困境中挣扎出来的生存法则。

蒋勋在书里说，贾芸是一个情商很高的人，对于一个没有背景和资历的人，这种高情商，让他得到了工作机会，并且能够很好地跟周围人处理好关系，甚至在贾家颓败了之后，贾芸也生存了下去。

也只有情商高的人，才能关注到对方的需求是什么，知道该怎么说话，怎么提出自己的需求而不会被断然拒绝，让对方心甘情愿地满足自己的要求。

而那些情商不高的人呢？永远只在意自己要什么，然后直接去跟人要，要不着，就是对方不厚道，世界太黑暗，社会太现实。

认识一个哥们儿，自己要买房结婚，借遍了一个朋友圈，有些人架不住他再三地请求，明明自己不宽裕还是借了，背后跟我吐槽，我一直以为我这么穷而且跟他real不熟，肯定不会被他盯上，没想到这哥们儿还是在QQ上跟我开口了。

他：在吗？那个，我最近要买房，知道你一个人在外面也不容易，我也不问你多借，给我五千总有吧？（我应该感谢你没跟我狮子大开口？）

我：不好意思啊，我下个月要交房租。

他：不是吧？你在外面那么久了，五千都没有。（对不起，我真的很穷。）

我：呃……真的没有。

他：大家都是老同学，你至于吗？我要结婚啊！你都不肯帮把手！（我跟你不是很熟啊！而且，你结婚跟我有什么关系啊？）

我：……

在纠缠了好几个回合之后，我终于忍不住，把他拉黑了。

在某些人的理解里，获得别人的帮助，永远都是理所当然的，他的需求才是第一，你应该随时随地满足他，如果不满足他，就是你人品不好，自私，不好相处。

他从来不去考虑，自己的要求对别人来说是不是很为难，甚至明明知道自己的要求会占用别人的时间和精力，甚至有可能造成对方金钱上的损失，还是毫不犹豫地提出来，丝毫不会从对方的角度想一想，别人为什么要去为你做这件事呢？

我是个不是很愿意去麻烦别人的人，大部分时候，都觉得自己能解决的事情，就自己想办法解决，如果不能解决，再去想想可以找谁帮忙。

而在跟人求助之前，一定要注意的事情是：

1. 态度一定要诚恳

找人帮忙一定要摆出找人帮忙的态度，别明明是麻烦人家，还移花接木企图蒙混过关，告诉人家你有个好处给人家。

我遇见过有的人，明明是拜托我帮他写书评发文章推广新书，还跟我说，我有一本书，看完后你肯定能写出一本特别棒的书评，发了绝对能上豆瓣首页，书我可以免费送你！

拜托，能对别人的智商稍微表示一下尊重吗？

2. 考虑对方是不是方便

工作中遇见棘手的事情需要求助，跟同事讨教，人家忙得脚不沾地你还拉着他夹缠不清，这就叫没有眼色。

如果你确定谁能给你提供实际的建议，老实给人留言：我知道你这方面比较有研究，找你会比较靠谱，我有些问题想要讨教，请问你什么时候方便？

不仅仅是时间，还需要明确哪些界限。大家虽然是同事，到底也是竞争关系，抓着人家问，别人是怎么搞到大项目的，有没有合适的资源可以介绍给你，那人家大概只会默默地不想理你吧。

3. 表达恰到好处的谢意

别以为请人吃个饭，就是表达感激了。

贾芸得到了工作之后想请凤姐吃饭，凤姐未必有空，也不会稀罕他的那顿饭。

这年头大家都忙，你住东五环，我住西四环，吃你一顿饭得花上我半天时间，大家都这么忙，能约出来吃饭的，只有真爱了，若你求助的人只是跟你萍水相逢，完全没必要开口请人吃饭。

给别人需要的东西，才叫表达谢意，人家明明只爱吃橘子，你给人家拉了一筐苹果，他也未必会高兴。

默默观察他的朋友圈和其他社交网络，找一个合适的机会，给他想要的东西，能够透露出你真的在关注他，对他有用心的东西。

或者，在他有需要的时候，第一个挺身而出。

人和人的关系，说起来复杂，而其中不变的一点是，只有你真的用了心，别人才能感受到。

所谓关系，只有对人付出关心了，才会一直保持联系。

4. 能用钱解决的事，别刷脸

脸可以刷，但最好只用一次，而且还得用在最关键的地方。

真是关系特别好，那也就罢了，可是大部分人开口刷脸的对象，跟自己都只是几面之缘。

明明公司有预算，找人写软文，还不肯给钱，口口声声说着“我们这么熟了，就帮我写个吧”，刷自己的脸，去完成工作任务，其实是最得不偿失的一件事。

明明可以请搬家公司，却一定要占用朋友周末的休息时间帮自己搬家，省下几百块，把朋友和自己都累得半死半活，又何苦?

出去旅游，住个快捷酒店也就几百块的事，却偏偏要住到并不是特别熟的朋友家里，被拒绝后，还愤愤不平到处跟人吐槽朋友小气自私连张床都不肯借。大家都是成年人，需要自己的私人空间，你和人关系没到那份儿上，别人并不欢迎你住他家而已啊！

请设计师朋友帮自己设计个logo或者广告图，请会写字的朋友帮自己写文案写招聘写软文，该给多少给多少，别总觉得自己有个朋友拥有什么技能，不去占点便宜替人家用用技能都是对不起他。

喜欢占人便宜，大概是人类的劣根性之一，但是更多的时候，热衷于占小便宜的人，往往讨不到什么大的便宜。

我们如今的生活，都比贾芸要好很多，不需要像他一样，在十几岁就懂得察言观色，学会谋生之计，但是，对于大部分人来说，如何用正确的方式去掌握向人求助的技能，得到自己想要的，又不招人烦，却是需要花费漫长时间去学习的事情。

最简单的，在跟人开口求助的时候，在心里默默问一问自己，你想找人要什么？别人凭什么给你呢？

毕竟，别人也不是你妈，没理由惯着你不是吗？

你以为的浪费时光，不过是必须付出的试错成本

01 ///

在网上写文章久了，不知不觉被人当成鸡汤大师，很多小伙伴会给我发来邮件，讨论目前生活和工作甚至感情中的种种困境。

最常见的一种困境是，目前做的工作不是自己想做的，每天上班都毫无激情，感觉每一天都非常煎熬，但又不知道自己该干什么。

别人往往会说上一句：真羡慕你啊，做的是自己喜欢的工作，这样感觉每一天都特别有意义吧？

在我从事现在所做的工作之前，我其实换过很多份工作。

刚毕业的时候，因为学校不够有分量，更因为自己没有在学校里好好经营自己，我根本没有能够拿得出手的学历和经验。作为一个新闻专业的毕业生，原本一直心心念念想要做媒体记者，却压根连这些地方的门都进不去，为了养活自己，只能去做在我眼中毫无技术含量

的那些工作。

我做过网站编辑，每天的工作内容就是蹲点在各大门户网站里，把别人的新闻复制粘贴到自己网站里，还需要改标题和调整段落结构，以制造“伪原创”，KPI的标准是，编造出来的“新闻”有多少条被搜索引擎收录；还学着做网站专题，用我看不懂的代码搭我也看不懂的框架，经常因为赶一个专题熬夜到很晚，莫名地出错，反复地修改，一个人在电脑前一次次地崩溃……

我还做过工厂里的人事员，每天的工作内容是整理每一个员工的档案，记录每个月的人事变动情况做成EXCEL表格，把所有的员工信息录入到公司系统里，给车间的工人发放衣服、鞋子等生活用品，追着车间里的每一位工人要他们提交入职、离职和购买保险需要的各种材料，每天都忙着办理各种入职、离职的手续……

坦白说，这两份工作，我做得都只能勉强算作及格，并不算好，20出头的年纪里，对未来充满憧憬和幻想，更有些盲目的自负和不知天高地厚，我以为自己满腹才华，却不得不把时间浪费在毫无价值的“Ctrl+C”和“Ctrl+V”以及似乎无穷无尽的EXCEL表格里。

02 ///

最开始工作的两年，很长一段时间里，我跟给我来信的同学的状态是完全一样的，每天都很暴躁，心情不好，感觉生活没有任何意义。

我心里很清楚，我想做的工作不是这个，最能凸显我的能力的工作不是这些，所以对待这些工作，我也并没有付出多少热情和精力，总觉得只要完成任务就好了，不要出错就好了。

可是时间长了，我才意识到自己的工作状态变得很糟糕，因为相对而言，工作的内容并不需要花费多少时间就能够完成，每天大部分时候我都在毫无目的地刷微博、刷豆瓣、逛天涯论坛，除了草草应付完工作之外，大部分时间都浪费在了各种娱乐八卦的消息里。

时间久了，整个人都处在一种特别空虚的状态中，感觉每天的工作都毫无意义，每天早上起来对上班这件事特别抵触，整个人的精神都不大对，每天都苦着一张脸在公司里，浑身都散发着我很不爽的气息。

很多人大概跟我那时候的状态一样，不知道自己的梦想是什么，也没有明确的想要追求的人生目标，更别说是清晰的职业规划了。

于是我忍不住想，除了这份勉强可以养活自己的工作，我还想做什么？我还能做什么？

当想清楚了这些之后，我终于从那种漫无目的和无所事事中走了出来，每天早上上班后先把今天所有的工作列出来，然后一项项认真完成。

在有了剩余时间之后，我也不再总是趴在娱乐论坛和八卦帖子上，而是开始在网上看一些小说和文学作品，也因此认识了一些作者和图书编辑，下了班也不再总是出去玩，而是认真在家看各种类型的书，自己尝试着写小说和随笔，尝试着把自己写的东西发在网络上，给杂志投稿。

后来能够来北京工作，以及最开始自己写的一些东西在网上被人熟知，大都是源于那个时候的积累和尝试。

03 ///

曾经我以为，毕业的头两年，是我人生中最不堪回首的两年，我在那两年里，除了忍受痛苦和荒废光阴之外，什么都没有做。我甚至浅薄地以为，那两年的时光，是彻底的浪费，什么都没有教给我。

可是后来，当我开始在网络上写一些文章的时候，我比一般写手更能够清晰地知道读者想要什么，也更能清楚地知道如何让自己的文章得到更广泛的传播，而这些，是源于那几个月做网络编辑的经验。

当我开始做编辑的时候，我能够熟练地看懂开卷数据，懂得如何用表格对我需要知道的信息进行筛选和排序，而这些，也给我的工作带来了很多便利，让我能够从更客观的角度去判断一些选题。

更重要的是，我原本并不清楚自己想要做什么，在那两年的闲适日子里，我才渐渐意识到，对我来说，读书写字不仅仅可以作为一项爱好，还可以把它当成自己的事业来经营。

我享受从中得到的乐趣，也愿意去承受它需要面临的烦琐和责任。

并不是所有人，能够在一开始就找到自己理想的工作；也不是所有人，刚刚走出校园的时候就能够分辨出自己未来的方向和想要成为的样子。

我羡慕那些很早的时候就目标明确又聪明勤奋的人，他们的人生看起来永远光鲜亮丽，连一个磕绊都没有。

而大部分人，也许只能像我一样，浑浑噩噩在安稳的毫无创造力的工作环境里待好几年后，才一点点从平庸麻木的生活中觉醒，开始挣扎着试图把自己的生活扒拉出一个豁口来，去尝试有没有其他的可能。

当已经走出好远的时候，会回过头看那段似乎黯淡而且毫无活力的时光，在心里后悔不迭，为何会白白虚掷了那几年的大好青春。

可是亲爱的，我想说的是，没有一段时光，是真的可以被白白浪费掉的。

也许，我们就是没有那么聪明，也没有那么勇敢，需要那一段安静平和的岁月，给自己争取、积累足够多的勇气和力量的时间。

作为家境贫寒、出身平凡的普通人，我们的周围，从来都没有一位睿智的长者或者师友，在适当的时机给我们提供足够清晰、明确的建议和指点，人生的每一步路，都需要自己反复试错，不断摸爬滚打，才能在摔得鼻青脸肿之前，找到那个适合自己的方向。

你以为的浪费时光，不过是必须付出的试错成本，在面对起点低，又没有足够的人脉资源的情况下，我们能够做到的，只能是任何一段时间里，耐心做好当下的事情，发掘自己的长处，尝试更多可能，在一次次的失败和挫折之后，去独自完成属于自己的那一次绚丽突围。

最难的路，
才是最容易的

01 ///

中午和有段日子没见的小伙伴一起吃饭。互相汇报了下近况之后，我信誓旦旦地跟她说，今年我的目标是要攒钱割双眼皮。

小伙伴给了我一个巨大的白眼，你去年就说攒钱割双眼皮，到现在还是一穷二白。

我想了想说，可是我去年攒钱买了新电脑，为了更好地写（kan）作（ju），我还还清了大学时候的助学贷款，我还养活了自己跟两只猫，我觉得自己做得已经很好了啊！

小伙伴："对啊，你很棒。你今年肯定会更好的。"

小伙伴又给了我一个巨大的白眼："得了，我也就客套一下，你别上天了。"

仔细想想，觉得很快，来北京，转眼间就两年了。

我还在老家的时候，某天严肃地跟我的小伙伴们宣布，我要去北京了！遭到了周围几乎所有人的劝阻。

他们觉得，一个女孩子，没有什么亲朋好友，一个人去北京工作太难了，更何况我学历不高，长得一般，情商低不会说话，没有什么突出的特长，还路痴，生活自理能力几乎为零。

他们忧心忡忡地看着我，觉得我很快就会走丢在马路上被人卖去小山村生一堆娃，要么就是得罪了一堆人跟老板吵架被开除回家。

所有人都说：难道在家里，做清闲的工作，有熟悉的生活圈子，不是更容易吗？你明明没有做过图书编辑，在北京也没有熟人照应，难道生活下去不会很困难吗？

当初考大学选专业，我在所有的志愿表上都只填了中文和新闻两个专业，老师同学们都说，你爱好文字是一回事，可是把这个当成以后的工作太难了，不如选一些比较容易找工作的专业，比如会计、金融什么的……

大学毕业找工作的时候，也是有人劝我，去找文员、行政、人事之类的工作比较容易，我兜兜转转了好多次，却一直心心念念地要去做记者或者编辑，好不容易有了可以来北京工作的机会，没有想太多，就直接去了。

我想要成为一个写字的人，还是有很多人劝我，你虽然有点才，可是有才的人那么多，想要被人知道太难了，不如踏踏实实好好工作，别做些白日梦了，你又没有什么门路没有大神推荐，怎么可能会有机会？

02 ///

来到了北京之后，接触过各种不同类型的人，做了几本书，认识了一些人，接触了其他的行业，于是又有人说，图书行业是夕阳行业，整体都不景气，在这行，想要赚到钱，太难了。不如去想想怎么转行，去混电影圈或者互联网圈，赚钱比较容易。

似乎大部分人都认为，只有傻逼，才会放着容易平坦的路不走，去选择一条明显更加艰难且前途未卜的路。有太多人，会仔细权衡生活中每一个选择的利弊，试图去找到那个最省力最轻松又能得到最多好处的工作。

放假前写了篇关于北京的文章，收到很多人的留言，关于毕业后也想去大城市，可是觉得生存太艰难了；也时常收到邮件，说自己不喜欢现在的工作，想要换工作，却觉得没有经验，不知道该怎么办；还有人说，想像我一样，成为一个写字的人，却觉得靠文字生活好难。

我也同样是，觉得每一件事都好难，完全不知道该如何是好，甚至直到现在，也依旧不怎么着调，会犯各种各样的错误，会面对突如其来的各种问题不知所措，总是丢三落四每天都在出状况，可是奇怪的是，就这样，我也居然跌跌撞撞地一步步走过来了。

来北京第一年，月薪才3500，花钱还大手大脚根本没有概念，每个月都穷得嗷嗷叫，到了月底就开始发愁怎么交房租，每个月都是拆东墙补西墙勉强度日，还欠了一屁股债，搬家的时候都交不起押金。

什么都不懂，什么都不会，那就从头学起，一本本书看，研究别人的封面和文案，研究畅销书的策划思路，尝试着去做，去犯错。大半夜也趴在网上找选题，各种撒泼打滚卖萌发嗲去勾搭作者，一张张照片一张张插图地去找，一遍又一遍地去校对稿子，等书出了，又各种求人帮忙推荐，恨不得把这辈子求人办事的余额都用光了。

一个没有任何经验的新人，想要做出能够得到别人认可的书，咬紧了牙关想要做好。因为只有得到认可，才能跳槽去大公司，才有机会拿到能够维持自己生活的薪水。我知道这些都很难，幸运的是，我做到了。

我从大学就开始在网络上发文章，很多人都问过我，之前的笔名“狸奴老妖”是怎么来的。实际上，是因为那时候自己写过一部长篇小说《花月影下卧狸奴》，就随手取了这个名字。

写过很多很多乱七八糟的文章，买过很多本杂志，挨个找人家的投稿邮箱，泡很长时间的各种投稿论坛，加过很多编辑的QQ，投过很多很多稿，在豆瓣上发过好几年的日记，然后突然有一天，才被人看到，才陆续有人关注我，才开始渐渐地被更多人知道。

我玩豆瓣的时候，有人跟我说，豆瓣现在已经没落了，想得到人关注很难；我开公众号的时候，有人跟我说，公众号已经过了黄金发展期了，大号都是企业运营了，个人做想吸引粉丝很难……

每次我都会说：哦。然后继续该干吗干吗去了。

原因很简单，做什么事不难呢？如果我想要做的话，为什么要因为难就选择不做呢？难道把时间花在犹豫和纠结上，就可以有人帮我把这些东西做好吗？

03 ///

想去大城市的，觉得大城市工作压力大生活成本高，而自己并无一技之长，他们厌倦家乡小城市的单调，却无法下定决心舍弃父母的贴心照顾、熟悉的生活圈子——我想去实现自己的梦想，可是没有背景独自打拼太难了，重新认识新的朋友也太难了，连交通堵塞空气不好都是犹豫的理由，在这么恶劣的环境下生活太难了。

明明深爱自己的男友，却不愿意毕了业跟他回老家生活，也不愿意选择双方都喜欢的城市共同奋斗，因为觉得去另外一个完全陌生的城市，跟一群完全陌生的人建立家庭关系太难，小年轻从零开始打拼太难，住破旧的出租屋太难……

他们含泪分手，都选择了和家里相亲的那个合适的人，开始过平淡安稳的日子，却还是会感叹，真爱总是会败给沉重的现实。

很多时候我也会想，如果当初我也选择在家相亲结婚生孩子，现在的生活是不是会更容易一点？

可是，我从来都很清楚，这个世界上，从来都没有更容易的那条路可以走。

你选择了一条看起来轻松的路，就必须接受失去的一部分，要么是钱，要么是时间，还有可能是乐趣。

我们总是以为，这个世界上会有那么一条，走起来轻松愉悦却又能分分钟捡到好处的路，花费许多力气去研究，什么工作最赚钱，什么方式最能够得到成功，看N本鸡汤书试图去寻找别人逆袭的宝贵经验，却到死也不肯承认，there is no捷径。

只有放弃走捷径的想法，你才有可能成长得越快。

很多人在面对人生选择的时候，会下意识去选择最轻松省力的那个，若真是容易满足心态平和倒也是幸福的生活模式，可偏偏明明是自己放弃了辛苦和难熬，奔向了舒服和安逸，内心却仍然在焦灼在痛苦，认为自己过的不是自己想要的生活。

你想要什么样的生活，你倒是去过啊！

你喜欢谁，你倒是争取跟人在一起啊！

谁拦着你了？

谁以死相逼不让你去了？

更多的时候，仅仅是因为，你觉得，放弃比坚持更容易而已不是吗？

04 ///

任何事情分析起来其实很简单，最难的那条路，是因为知道自己能力不足、自己资本太少得到太不容易才越发显得艰难，可是正是因为这样，才是你最想要的不是吗？

莫泊桑有一句话我特别喜欢：生活不可能像你想象的那么好，但也不会像你想象的那么糟。

我觉得人的脆弱和坚强都超乎自己的想象。

有时，我可能脆弱得一句话就泪流满面；有时，也发现自己咬着牙走了很长的路。

对我而言，最难的那条路，反而是最容易走的，因为我知道自己是如此热切地想要抵达那个目标，知道自己是如此热爱这一路经历过的所有，也知道自己的内心是如此享受在这条路的每一个时刻，即使自己跌跌撞撞，即使自己会遭遇很多困境，我依然可以咬着牙走很久。

笨拙地用了整整两年的时间，才感觉自己可以喘口气。

没有太多的存款，没有一夜爆红，更远远算不上是一个牛逼的人，却开始尝试着去找到自己的长处，开始去给自己做长远的规划，学习新的东西，琢磨自己的风格和擅长的方向。

这些事，坚持下来才发现，也并没有那么难，而自己，还有很多很多想要做却未完成的事，哪里有时间去反复怀疑和否定自己呢？

美少女，永远是发生任何事都要爬起来继续奔跑的不是吗？

也许除了努力，
我们并没有其他的选择

网络上有一句话流传得很广，据说还是史蒂夫・乔布斯所言："如果你很忙，除了你真的很重要以外，更可能的原因是：你很弱，你没有什么更好的事情去做，你生活太差不得不努力来弥补；或者你装作很忙，让自己显得很重要。"

很多人喜欢用这句话去证明，努力是没有意义的，不过是因为你太差了。

我的高中同桌，是个非常非常刻苦的人，长相清秀，齐刘海儿，戴着厚厚的框架眼镜，笑起来总是害羞的样子。

我们是完全不同的两种人，我上课看言情小说，躲在堆得很高的课本后面睡觉，跟后桌的男生讨论武侠电视剧，下课跟妹子们凑在一起聊八卦，不爱背课文，不愿意多做习题，经常睡着的时候被老师一巴掌拍醒，偷着看小说的时候被没收拉到办公室写检讨。

而她，大部分时候不是在埋头做数学题，就是在默默看书，每天很早来教室背英语单词，上课的时候坐得笔直，下课的时候追着老师问问题，甚至每晚自习结束后还会回家做半套模拟试卷。

那时候的我，自恃有点小聪明，哪怕对待学习漫不经心，成绩也能很轻松地维持在班级中上游的位置；而我的同桌，即使用功N倍，每次考试，也会比我少一二百分。我们不大亲密，也没有交恶，相安无事地在一起做了很久的同桌。

我们高考都不大理想，她考了专科，我也只考了个三流本科，我们在一个城市上学，却几乎没怎么见过面。

大三的时候，她有一天很晚的时候联系我，问能不能在我宿舍借住。

我这才知道，原来她正在我隔壁那所大学修专升本的课程，一周上好几次课，课程结束后已经很晚，只能跑去赶最后一班公交，今天因为耽搁了一会儿，没赶上车。她的学校在很远的郊区，打车太贵了，便来找我。

她还告诉我，她打算念完本科后，再去考A大的研究生。

我脱口而出："我也打算考A大。"

她说："真的吗？那我们到时候可以一起了！"

但是说实话，当时我是对她有所怀疑的，A大并不好考，我都没多少把握，更何况是一直学习效率不高，还是专升本的她。

两年后，她给我打电话，告诉我她已经拿到了A大的研究生录取通知书，而我却只能结结巴巴地告诉她："我其实……并没有去参加研究生的考试。"

我说："觉得考研没意思就懒得考了。"

挂了电话的我，有些难过，我一直以为我的同桌不够聪明，却没有想到，她在不知不觉中就做了我想做却没有坚持下来的事情。

而直到等到两三年后的现在，我才真正想清楚一件事，那就是，其实当时的我，不过是狂妄自大不知分寸而已，我以为我高考失败只是一次偶然，我以为只要我去参加了考试就一定能够考上研究生，我以为我比同桌聪明，但实际上，真正愚不可及的那个人其实是我。我并不是因为偶尔或者放弃才没有考上好的学校，而是，那就是我的真实水平。

记得看一部日剧，主角是一个天才IT少年，口头禅是："你是白痴吗？"在他眼中，那些跟不上他的脚步的人都是彻头彻尾的笨蛋，他傲娇地说："不是所有的事情都可以靠努力和毅力来解决。"而他的合作伙伴却跟他说："但是，对于只能依靠努力和毅力的人，那是唯一的选择。"

很多人喜欢去讽刺和嘲笑那些只知道埋头做苦力的人，似乎在某种意义上，努力等同于无能，花太多力气在某件事上，只能证明你才华有限。

人们不再喜欢用漫长的时间去一点一滴积累，大家更喜欢享受一夜成名、生命财富从天而降，推崇高效、速度的生活方式，如果你三五年还在某件事上无所建树，他们会告诉你，你不过是一个loser。

很多人都不大看得上那些努力和坚持的人，认为他们不过是才华不足才需要用时间去弥补，但实际上，又有多少人是真正才华充足不需要下苦功夫弥补的呢？也许大部分人，只是和我一样，错认为自己的那点小聪明就是才华，不愿意去为了自己的未来付出更多。

这个世界上，有很多聪明到你无法想象的人，比如乔布斯，比如扎克伯格，比如那些不过20出头就可以把公司做到上市的小朋友。所以，坦白说，对乔布斯而言，完全可以说“你生活太差不得不努力来弥补”，天才们的世界，本来就不是常人可以企及的。

可是大部分的我们，不过资质平平，并没有太多的才华，甚至，也没有足够的颜值、家境和人脉支持我们去选择一条捷径，对于这样的普通人来说，努力，其实是唯一可以做的事。

坦然承认自己的平庸，这辈子注定无法靠才华和颜值赢得世界，并不是一件多么叫人愉悦的事情。大多数时候，我们更容易认为自己才华满腹无人欣赏，空有满怀抱负却难有施展的平台。我们抱怨公司发展受限，领导不够重视，同事背后使坏；我们抱怨社会不公、生存艰难，仿佛我们所有糟糕而差劲的生活，都是旁人的错。

但实际上，每天在一间公司上班的大部分普通人，并没有多出众的才能，就算有机会，他们也未必能抓得住。

也许大部分时候，我们付出的努力，都不会得到回报，而更多时候，你拼尽全力得到的结果，不过连别人的起点都比不上。可是，对于像我一样的普通人来说，也许除了努力，我们并没有其他的选择。也许，也只有努力去奋力一搏，才能让我们拥有别的可能。

就好像我的同桌，用了比常人多好几年的时间，从专科一路考到研究生，也许在某些人的眼中，这完全是浪费时间。可是对她而言，这个不断往前走的过程，让她进一步了解了自己的潜力，知道即使是比别人付出更多辛苦也可以做到自己想做的事情。

我刚刚来北京工作的时候，恰好第一次就做得还不错，周围很多人都说我有做这行的灵气，但实际上工作时间再长一点便不难发现，无论是眼界、知识储备还是专业能力，自己都还差得很远。

幸好，我没有再次犯我十几岁的时候的错误，在意识到自己的不足之后，很快地开始了埋头苦学，看很多之前懒得看的专业书，跟有资历的前辈讨教，偷偷研究畅销书的路数，才能感觉到自己一日日微薄的进步，这种缓慢的成长，却让我感觉分外踏实。

如果不努力，怎么可以知道自己还有其他的可能？怎么可以知道有一天我正在一步步朝着那个想成为的自己慢慢前进？怎么可以知道未来那么长那么黑而我竟然会不怕？哪怕最终，我们仍然挣脱不了最庸常的人生，不过只是一个普通人，但至少会是一个还不错的普通人不是吗？

面对不喜欢的工作，应该怎么办？

做着一份自己不喜欢的工作，似乎是很多人在毕业后选择工作的时候都会面临的一个问题，毕竟，能够从事自己喜欢的工作，就和遇见自己喜欢的人一样，都是可遇而不可求的事情。

毕业了，总不好意思再问爸妈要钱养活自己，既然需要赚钱糊口，那么，工作是不是自己喜欢的，就不再是首要的考虑，很多人更多考虑的是现实。

比如，这份工作是不是更有前景？是不是能够赚到更多的钱？是不是符合爸妈对我的期待？甚至，我到底能够找到怎样的一份工作……那么多需要考虑的因素，是不是喜欢，也许是最不值得考虑的选项。

01 先说我的故事

毕业后，我因为家庭发生变故，就回了老家，我们家那个七八线小县城里，作为一个文科生，能够找到的工作，好像只有人事、行政、办公室文员……这么有限的几种。

于是，我成为了一家工厂里的人事员。

我的工作非常简单，但是非常非常烦琐，那是一家不算小的工厂，大概有四五百人，我需要记录每一位员工的入职和离职情况，给他们办理各种手续，安排体检、宿舍、保险，给他们发放各种工厂里的标配物品……每个月我需要更新两张表格里所有变动员工的信息，然后再把每一项录入到集团的系统里去。

这份工作在别人的眼中算是一份很不错的工作，因为我所在的这家公司，是我们那地方最大的集团下属的子公司，总之听起来很牛。每次别人问我在哪儿上班的时候，我妈说我在××的时候，大家的反应都是：哎呀，那多好呀。

我的工作内容不过是每天坐在办公室里敲敲电脑，在老家的那些长辈人眼中，这是份很好的工作。至于薪水不高——哎呀，女孩子嘛，有这些够用了。

曾经很长一段时间，我以为我会一直做这份工作，从初级小职员慢慢熬，一年薪水涨二百块，然后在这家公司里待上很多年，最后做个主管。

可是后来，我发现，我太高估自己了。

这份在我眼中只要是个会用EXCEL表格的人，哪怕是初中生都能做的工作，我根本就做不好它。

我总是在提交表格的时候忘记更新人员流失率，我搞不清楚自己手中好几百把钥匙到底是干什么的，我处理不好那些因为一点小事跟我提出各种要求、跑来跟我吵架的工人之间的关系，我会忍不住发脾气，甚至崩溃到一个人蹲在厕所大哭。

领导对我不满意，因为我总是会犯一些低级的小错误。

我每天都心情不好，每天都失眠，神经衰弱到根本控制不住自己的情绪。

我非常非常抵触这份工作，因为不喜欢，因为觉得它没有任何技术含量，所以我根本不愿意为了它花费任何一点心思，能拖延的我就尽量拖延，能敷衍了事的我就敷衍了事——但是，你们都懂的，任何一份工作，你有没有用心去做，都会直接呈现在结果上。

这份工作，我坚持了八个月，终于在一次算错了员工保险人数还上交到总公司的时候惹得领导暴怒，她说，我知道你不喜欢这份工作，要不你换个岗位吧？我看着她，然后说：对不起，我辞职吧。

后来，我又换了份工作，再后来，开始做图书编辑。

然后我发现，自己现在的工作状态，跟之前完全不一样。

因为喜欢，才会一直关注它，对它感兴趣，甚至随时随地看到任何事、认识任何人都会想着和自己的工作有没有关系，遇见任何能够对自己工作有帮助的事情都会想着记下来，遇见任何行业内的现象都会想着要去了解一下、学习一下、跟人讨论一下……很多时候，一份工作并不需要太多的天赋，而一个人能不能在这个领域里日渐进步，做得越来越好，往往取决于那些零碎的长期的关注和分析。

02 如何把兴趣与职业规划结合到一起

首先，应该对自己有明确而清晰的定位。

说白了，就是充分了解自己，认识自己，知道自己是什么性格的，擅长什么，不擅长什么，最适合在什么领域发展。而所谓擅长，在工作中，指的是在某一领域内能够达到准专业水平以上，能够较好地完成该领域的工作任务。

比如我，我性格急躁，冲动，粗心大意，不注意细节，无法集中注意力，没办法忍受长期单调而重复的事情，所以我做不好那种事务性的工作，处理表格和数据以及各种烦琐的日常事务安排，对我来说，简直是生不如死。

但与此同时，我感兴趣的东西多，什么事都了解一点，一般情况下跟人都能聊得来，有自己的想法，有点审美，喜欢书，喜欢写东西——所以，做图书编辑，就是一件适合我做的事情，因为无论是勾搭作者，还是策划选题，还是将我心目中的那本书具体呈现出来，对我都不是一件很困难的事情。

虽然目前还处于刚入门的状态，有很多不足，但至少工作的过程是会让我有兴奋感，也正是因为这种兴奋感，才会让我愿意不停地去学习更多新的东西，想把自己的工作做得更好。真正的热爱，是让你能够将工作当成自己的事业去经营的前提。

其次，要明白不是你喜欢什么，就能做什么。

有的人说自己是中文专业，所以想做新闻记者。

可是你真的了解记者这个行业吗？要知道，中文专业毕业的人一抓一大把，可是哪怕是全国，正规的媒体数量都很少，如果你没有很早就确定自己想要做记者，做好了充分的准备，去过多家媒体实习，不管是对电视、报纸、网络还是新媒体都有一定的了解，能够独立采访，能够自己找选题，出策划，写稿子……

如果你没有一个很好的机会，又没有完全掌握成为一个记者必须掌握的技能，那么也许你的梦想永远都是梦想，你可能根本不会有去找到你想要做的工作的机会。

所以，如果你能够认识自己的喜好，很早就明白自己想要做什么，那么最好的事情，就是尽早开始修炼自己能够胜任这份工作的技能。

03 要清楚地知道现实和理想的差距，并且能够从中找到平衡

坦白说，如今回想起自己那段做公司人事员的日子，我感觉很后悔，因为我完全沉浸在了“我不喜欢这份工作所以我不想做”的消极情绪里，却没有认识到一点，任何一份工作，都是自己选择的，只要你还在继续，就有义务把它做好。

这个世界上不会有太多人允许你任性，我那时候也就是仗着自己在家，哪怕辞职了也饿不死，大不了重新找一份工作。可是，如果我一个人孤身在外呢？还能不把它当回事随意应付吗？只怕早就已经饿死在街头了。

如果你暂时还不具备从事自己理想职业的资格，需要努力把自己手头的事情做好，不断充实自己，才能有更好的机会。

理想很重要，但是我一直认为，比理想更重要的，是生活本身。

很多人都有很崇高的理想，想要成为创业者，想要成为大明星，但是更多人总是眼高手低，想要创业的根本不了解市场，只妄想能够得到一笔投资；想要成为大明星，希望第一次演戏就能做主角——世界上的事情，哪有那么容易？

如果知道自己想要什么，又有机会能够进入想要从事的行业，最好是踏实地从底层开始干起，先掌握了最基本的技能，把自己手头的工作尽可能地做到最优秀，把大量的时间花在提升自己上，才会有在这个行业里出头的可能。

任何事情，只有开始去做了才会有可能，如果你嫌弃起点低，那么很可能你会失去之后所有的机会。就好像我当初到北京，才不过三千多一点的工资，除掉房租和用度，每个月都过得捉襟见肘，但是，如果我那次没有抓住机会，很可能现在我依然待在老家那家工厂里。

就好像我们都爱的周星驰，也许在很长的时间里，我们都会被人称作“死跑龙套的”，但是，如果你有了跑龙套的机会，总有一天，你会成为自己的主角。

如果考上了不好的大学，要怎么办？

有个小朋友给我留了好长一段留言，意思是，一向成绩优秀的他，不小心只考了个三本，感觉生无可恋，前途无望，应该怎么办呢?

我盯着那条留言看了好久，才回了一句：“没有事，我当年也是一不小心只考了个三本，现在也还好好地活着，没有去死。”

当年，在我查完了分数之后，接受了自己只能去念个三本的事实之后，最大的感觉其实也是生无可恋，前途无望。

然后，我一直把这种生无可恋、前途无望的状态，保持了整整四年。

那种自暴自弃的壮烈程度，如今想来，惨不忍睹。

也曾有过微弱挣扎的时候。

比如报名了计算机二级考试，结果考试前我突然找不到准考证了，然后就不去了。

比如去电视台找了实习，遇见的老师很好很认真，然后因为下了一场大雪我突然不想去了就再也没有去过了。

比如去网站上连载过长篇小说，两个月内到了首页推荐的位置，点击量都进了排名，然后电脑硬盘突然坏了，写好的七万字全部不见了，于是一气之下就不写了。

比如报名了研究生考试，报名费都交了，复习了整整一年，然后突然不想去了就不去了。

…………

我尝试做过的任何改变和努力，最后都会被脑海里不断回响的那个声音击败："有什么用呢，到后来还不是三本的？就算研究生考过了，面试也肯定过不了的吧。"

所以，在大学的整整四年，我几乎什么事儿都没有干成，没有积攒实习经验，没有去社团和学生会混出点人脉，没有考过什么证书，没有学会什么技能，甚至也放弃了考研换个起点的机会。

然后在毕业的时候，我发现我能够找到的工作，只有底薪1200—1500块的公司文员，因为是新闻专业，也去参加过报社的招聘考试，笔试的时候第一，到了面试的时候，发现自己缺乏实际的采访经验，连老师问的最基本的问题我都回答不上来。

我的认知，一直停留在四年前，我只考上了三本，那么我的人生是失败的，这让我对之后的任何事都失去信心，我觉得自己一定是会失败的，觉得任何努力都没有用处，然后，我把所有的时间都花在了对自己的抱怨和嫌弃上，从来都没有认真地想过，其实自己可以跳出这种挫折感。

然而，在我每天都沉浸在自怨自艾、窝在寝室看小说看美剧刷豆瓣的时候，我的那些跟我一样考上三本的小伙伴在做什么呢？

小伙伴A，从大二开始，就在当地一家牛叉的报社实习，但凡没有课的时候，就背着包去报社，一开始只是跟着带她的老师出去采访，采访完回寝室敲着电脑写稿子，后来就哪里出了什么事，老师给她发短信，她就背起包出门去采访，再后来，她开始自己去找选题，做专题……她在那家报社坚持实习了两年多，没有工资，到后来，发一篇稿子，会有一点稿费，再然后，毕业的时候，报社招人，她顺理成章地通过了笔试和面试。

小伙伴B，和我一起相约考研，最开始的几天，我们约好每天早起去图书馆自习室占座，我在早起了几次之后就懒得再起，就跟她说，亲爱的，我实在起不来，你帮我去占座吧，我睡会儿就来……然后我一上午都没去，到了下午，才背着几本书去自习室看会儿。可是B同学，即使在大冬天，也会坚持在六点半起床，去图书馆门口排队。做厚厚的专业课笔记，一遍遍地背英语单词，最后我压根都没去考试，因为我发现到了考试前一周，我连一本英语单词书都没看完，而她，考到了很高的分数，愉快地去读了研究生。在学校的时候，她一直成绩优秀，有出色的实习表现，毕业后直接进了4A公司。

小伙伴C，人长得好看又机灵，从大一开始，就混迹于各种社团、各种学生会，组织各种活动，参加校园歌手大赛拿了第一名，是校园电台的主播……她认识很多人，做主持的时候能够一个人hold住全场，毕业后，她去某家教育机构工作，从最初的2000块试用期工资做起，到最后，每个月绩效奖金能够过万。

小伙伴D，大学期间，不做兼职，也不参加什么活动，性格内向，文静腼腆，在班上你几乎感觉不到她的存在，然而她永远是最早去上课的一个，每天都坚持上自习，每年的期末考试都是前几名，每次都是一等奖学金，毕业后她按部就班地去各种事业单位参加各种公务员考试，最终被不错的单位录取，工作内容不算复杂，刚好很适合她。

…………

那么我呢？

在毕业的一两年里，我的工资水平一直保持在两千块左右，后来离开合肥回了老家的县城，当我的小伙伴在学校里继续读研的时候，名字在报社在电视台的新闻报道上都能出现的时候，每个月领到的薪水都是我的好几倍的时候，我依然还停留在我只是个三本毕业生，我什么都不是，我什么都不可能做到的惯性思维里。

那种自卑感，那种挫折感，像是幽灵一样如影随形，我根本都不敢相信自己有能力做到任何事，我不知道自己擅长什么，我长得不好看，家里又穷，没有任何背景，没有任何技能，我能做什么呢？

曾经很长很长时间，我都以为自己一辈子就这样了，在老家，一个月拿两千块的工资，每天上班七小时，工作花两个小时就可以做完，剩下的时间用来聊天刷网页看八卦，除了一天又一天地荒废人生，我不知道自己的生活还有什么其他的意义。

“考上了一个三本，我只是一个三本的毕业生，我不会有出息”这个观念，像一个魔咒一样，诅咒了我整整六年的时间，从2008年上大学，一直到了2014年，我才慢慢从这个困境里走出来，辞职，离开老家，拖着箱子到了北京，开始一份自己感兴趣的工作。

一切都是从零开始，我除了家里买的那几百本书，对于图书行业一窍不通，连最基本的关于书的概念我都不清楚，就这样埋头开始做，不会的就去学，不会的就去问。就这样过了一年，终于能够用现在的薪水养活自己，终于可以住上自己一个人的房间。而我知道，自己的未来，还会有更多的机会，只要我愿意付出足够多的辛苦和汗水，以后的日子总会越来越好。

然后我终于发现，当你把属于你的那一份工作做得还不错的时候，真的没有人在意你是哪家学校毕业的，更别说在意你是不是三本了，别人只会问你之前的工作经历，有过什么成绩，有哪些资源，对于你现在的工作有什么观点和看法。

有一个很好的学历，是一件非常非常棒的事情，带着这个闪耀的学历，你做很多事，都会比别人轻松很多，清华毕业生和三本毕业生的起薪或许有很大差距，但是，这并不代表，考上了三本，所有的希望和梦想都会在一瞬间泯灭。人生就是这样，不会事事如你的意，会给你设置各种各样的挫折和门槛，哪怕是同样的一条路，别人开启的是easy模式，而你只能选择hard模式。你跌得浑身青肿，可是，如果你就此赖在地上自暴自弃再也不愿意起来，那么，你只会被别人甩得越来越远。

现在的我，同我那些在大学里就开始努力的小伙伴相比，差距依旧很远，不仅仅是薪水，更多的还是，在我止步不前的时候，他们一路走来，增长的见识和开阔的眼界，迅速的思维方式，都甩了我很多条大马路，但是至少我还在坚持着，走在自己的这条路上，期待着有一天，我们能够在路途中相遇。

“我考了个三本，我是个失败者”，然而，我却没有做任何可以改变这种挫败感的努力，只是毫无还手之力地逃避着。在整整六年时间里，我不愿意做出任何改变，不愿意付出任何努力，我从根本上否定自己，认为自己是个loser。

可是面对失败，逃避是最无用的一种方式。

DAY 5

你勇敢，世界就会让步

当你犹豫的时候，一切都看似很难；当你迈出第一步时，最难的时候已经过去。

难的不是脚下的路，难的是坦然面对自己的心。难的不是风雨交加，难的是晴天里需要辨认的选择。

一个人的内心，是需要澄明和坚守的，该来的始终会来，只要别犹豫，哪怕最后转了一个弯，也别怀疑自己的道路是否正确。

真正做自己的人，从来都是笃定且勇敢，因为他们是这个世界的少数派，他们的不被理解，恰好是后来者追随的脚印。

可是，
我们没有办法拒绝长大

我最近又开始焦虑了。

焦虑的原因很简单：快过年了，要回家了。

对于回家这件事，我发现我充满了恐惧。

是的，我一点都不想回家，虽然，我很想念我奶奶和我弟。

去年过年的时候，我和弟弟回家陪奶奶过年，我突然发现，原来需要我去准备一桌子年夜饭。

我笨拙地在我弟的帮助下，做完了一桌子看起来很糟糕的菜，发了朋友圈，很傲娇地说，感觉自己长大了。

但实际上，我一点也没有感觉骄傲，相反地，我很生气，很愤怒，很难过。

觉得，为什么？

为什么需要我做年夜饭？

为什么奶奶突然间就这么老了？

为什么爸爸说不在就不在了？

为什么过年的时候妈妈也不在我们身边给我们做饭？

我一点都不想做那个需要照顾家人的人。

不想成为那个大年三十晚上做饭的人。

不想成为那个正月里必须出来招待客人的人。

不想一边笨拙地做这些事，一边接受别人的质疑和揣测，手足无措地站在一旁，而自己似乎永远都是他们眼中那个“傻丫头什么都不会”的人。

真的，我觉得自己什么都做不好。

而我唯一擅长的事情，就是逃避。

甚至有时候觉得，我来到北京，也只是为了逃避掉这一切令我讨厌的事情。

躺在床上的时候，因为这一切令我倍感焦虑的事情而一夜夜地睡不着。

我突然发现：我生命中所有的痛苦与纠结，都来自我拒绝去做一个靠谱懂事的成年人，固执地以为自己可以不必长大。可是，明明就再也没有机会了。我总以为自己还很小，可是不知不觉间，却已经被生活推到了必须自己独立去决定自己人生所有重大命题的时候，而更糟糕的是，在我撞了南墙头破血流甚至倒地不起的时候，并没有什么地方可以让我安身立命，暂时歇息。

可是，对于26岁的我来说，却依然在用近乎可怕的方式，去拒绝做一个成年人。

任性，不靠谱，情绪化，说话不经大脑，缺乏耐心和足够久的支持力，得过且过，不懂礼貌，神经质……简直令人讨厌。

我总以为别人会原谅我，会纵容我，可是，难道这是真的吗？也许有一天，我会把周围所有人对我的耐心给透支完。

我总觉得，自己还没有做好长大的准备，就一夜之间被推到了那个应该要我去承担的角色。我不要去做，我不想去做，难道，我不还是个孩子吗？可是，也并没有人来教我该如何去面对，他们唯一会的事情，就是指责我各种不周到的地方。而我，面对所有复杂得自己处理不了的情况时，到最后，只学会了逃避和拒绝。

这种逃避和拒绝，几乎快成了我无法克服的一种模式，遇见问题不去解决，拖着，拖到直到再也忽略不了的时候，才硬着头皮上，然后满脸崩溃地说自己搞不定。

——我就这样变成了之前我最鄙视的那种人。

在过去的这两三年里，我因为自己失去依靠而一次次跌入绝望的深渊。

我害怕，害怕自己再也没有回头路可以走。

我绝望地发现，原来这个世界上，再也不会有人把我当成孩子。

可是，我拒绝接受这个现实。

所以，我拒绝让自己去用成年人的方式去和这个世界交手。我以为，如果我表现得不像是个成年人，就可以得到孩子般的对待，可以值得被原谅。

我总是想要做容易的事情，因为这样不会让我觉得有太大压力，不会让我因为搞不定而一次次濒临崩溃，不会让我有如果这件事搞砸了，如果我混不下去了，就再也没有可以回去的地方了的恐惧感。

而成年人的生活里，从来都没有“容易”二字。

无论现实多么残忍和令人尴尬，我也必须接受，就是这样的现实。

没有人依靠了，所以必须要让自己更加强大一点，足够成为自己的依靠。

没有后路了，所以要拼了命不停地往前跑，跑到更远更安全能够让自己栖息的地方。

没有人可以给我提供力量和支持了，那就练习着去感受身边的人的关怀，付出自己的那份对他们的支持。

甚至，哪怕是回家这件事，也没有什么好恐惧的吧。

所有的所有，我大概都是可以搞定的吧。

虽然大部分的可能是，我还是会笨拙地没有办法做到让别人都满意，但是，还是可以的吧。

在逃避了那么久之后，也许，我可以鼓起勇气，开始在自己26岁的这一年，学着不再拒绝长大，学着去接受“没有办法”这样一个事实。

我的朋友小柒，某天给我发了一条微信：“没有人会在原地陪你爱你，你自己也要相信，未来的自己会更好的。”

我想，我终于可以坦然地去接受，那些我失去的爱，我从未得到过的爱，以及我期待着却未曾满足过我的爱。

但是，未来仍然有其他值得我期待的爱不是吗？

Anyway，我相信自己会越来越好的。真的。

村上春树说：“你要做一个不动声色的大人了。不准情绪化，不准偷偷想念，不准回头看。去过自己另外的生活。你要听话，不是所有的鱼都会生活在同一片海里。”

我握着拳头默默回答：“嗯，我知道。”

为什么在大城市
打拼这么有挫败感？

最近时常听到“挫败感”这个词，时常见面的几个朋友，在一起聊天，常常会谈起：在外面也混了有两三年了，却总是感觉看不到什么希望。有时候反而很羡慕老家的同学们，现在都有车有房有对象有娃了，而自己，还不知道前途在哪里。自己在大城市里，却很难挣得一处容身之地，不是没有挫败感的。

坦白说，我刚来北京的时候，是没有挫败感的。

那时候我觉得我可牛逼了。

你看，我不过是一个三本毕业的本科生，居然能够独自一人来北京打拼。

而我的那些大学同学，大部分也不过都是在老家做着一份最普通的工作。

也没听说有几个混得特别好的（考研了的另算）。

而我的高中同学呢，除了某些考到了很好的学校，家境特别好的，也大都平凡普通。

初中同学、小学同学更是，要么孩子都多大了，在一家工厂上班，过着三班倒的日子；要么自己开开店做做小生意，过着过得去的日子，也没听说有发了大财逆袭成土豪的。

所以，我一直坚定不疑地认为，自己其实还挺厉害的。

我吭哧吭哧埋头工作了整整一年，顺利跳槽的时候，我也是没有挫败感的。

我觉得，自己独自一人，没有任何背景，甚至之前都没有任何经验，不过是在行业里做了短短一年，就能去最大的几家公司之一，我简直是太厉害了。想在内心给自己鼓掌十分钟。

然而，后来呢？

我发现，公司里跟我一样的编辑，有的一年能赚好几十万甚至上百万。

我才发现，我是工资最低的那一个等级里的。

我一直觉得自己工作能力还可以的啊，觉得自己在面对这份工作的时候还是有点天赋的。

但是，慢慢地我却发现，怎么走廊里随便碰见的一个人，都厉害得不要不要的，做过那么牛逼的书？

我每天去上厕所的时候，都能见到一哥们儿，正襟危坐在厕所门口的电脑前，看起来是多普通的一人啊。然后某天我突然发现，他曾经策划过一堆牛逼的书，甚至连今年诺贝尔奖得主的书都是他策划的。

不仅仅是工作中，我还发现有的作者，本来也不过是跟我一样的普通人，因为出了一本畅销书，赚了好几十万，还卖出了影视版权，又是好几十万，于是入行了影视圈，一个月又是赚好几万。

他们怎么都那么能赚钱呢？怎么他们出的书就能畅销呢？他们怎么就红了呢？凭什么呀？

我还认识有的人，比我年纪小很多，做的公司已经快要上市。

我还知道一个学霸，16岁的时候自己拿到全额奖学金去美国念高中，普林斯顿大学毕业，投行工作，23岁就是公司合伙人。

我每天都看到很多很多人，他们自己开公司，他们工作能力优秀，他们在网络上受欢迎，他们出的作品本本畅销，他们能赚很多很多钱。

而这时候，我才意识到，自己其实依然是那个一无所有的小屌丝。

在公司的薪水也许是最低水平，也许能力也是。

不知道自己的前途在哪里，看不到自己的未来有任何希望。

找不到恋爱对象，因为没时间，因为耗不起，在生活都勉强维持的情况下，根本就不敢投资时间和精力在恋爱上。

我能一直留在这座城市里吗？我能凭借自己的双手让自己过上稍微体面一点的生活吗？我能照顾好自己让自己衣食无忧有朋友有爱人吗？我能升职加薪达到一个理想的职场位置吗？

在一遍又一遍问自己这些问题的时候，我发现我一个都回答不出来。

我焦躁、抑郁，我找不到自己的位置，也看不清自己的目标，整个人的状态糟糕到了极点，甚至有想要逃离的冲动。

在一次次地自我否定，又一次次地自我安慰过后，在跟很多人谈起我的困惑和不安，也在得到很多人的鼓励和拥抱之后，我才渐渐明白过来。

挫败感，很多时候是成长过程中必须体验到的感受。

如果你曾经以为自己有才华有能力，可是直到你遇见了一堆比你更有才华更有能力的人，他们还比你有钱比你好看比你人脉多资源广，更关键的是，也许他们还比你更拼命更用力。

怎么能够不感觉到挫败呢?

如果你因此丧失了信心，那就回家去吧。

也许回到家，你会发现，自己在周围人里，其实还真的依然算是有才华有能力的。

也许这样能够抚慰你受伤的心灵吧？也许这样那些差不多被磨灭了的优越感还会重新再回来吧?

可是，不正是因为感觉到了挫败才意识到，原来自己也不过如此，原来自己距离优秀的标准还差很多很多，所以才要不停不停地努力啊。

你以为，为什么你会认识那些牛逼闪闪的人呢?

他们的存在，并不仅仅是为了打击你，而是为了告诉你，因为你付出了努力，你正在一步步接近他们，所以你才有机会可以认识他们的。

要知道，如果你一直很low，你是压根不会知道这些牛逼人物的存在的。

既然如此，那就继续努力，让自己距离那些你仰慕的崇拜的甚至嫉妒的人群再近一点吧。只有在慢慢靠近他们的过程当中，你才能不停地审视自己，直面自己的不足，才会愿意花足够多的努力去让自己变得越来越好。

人只有在一个很大很大的环境里，才能够直面赤裸裸的竞争，才更能够感受到来自四面八方的威胁，因为大家都很拼，所以你要比他们更拼，才能走到更好的地方。

生活在安逸当中，是另外一种幸福，但是，对于一些注定要不停拼搏和奋进的人来说，挫折和失败则是他们必须品尝的滋味，经历了挫折，才能够看到差距，走过了失败，才能够给自己纠错和改进的机会。

我们难道不是总是在挫败中，才一次次变得更加强大和无畏吗？

我们不能决定自己从何处来，但能决定自己去往何方

01 ///

关于青春的电影有很多很多，我最喜欢的，不是叫无数人感动落泪的《那些年，我们一起追的女孩》或者《我的少女时代》，而是一部并没有受到太多人关注的《壁花少年》。

《壁花少年》的故事里，有一个内向又自闭的少年查理，他总是喜欢默默地待在角落里观察别人，进入高中的第一天就开始默默地数自己需要多少天才能从高中逃出去。

他被人排挤，没有朋友，总是独自一人端着汽水孤独地站在误会的边缘，一直到他遇见了一对兄妹：帕特里克和珊。

一次喝醉酒后，查理向珊坦露自己最好的朋友自杀了。

敏感的珊立马察觉到："我想，他没有其他的朋友了。"

帕特里克决定把这个孤僻的男生拉进自己的朋友圈，查理有些意

外："我以为都没有人注意到我。"可是帕特里克却说："我们还认为再没什么酷的人值得我们结交了呢。"

那个总是习惯站在角落的少年第一次懂得，你不只需要围观，还需要参与进去，才能体会到真实的快乐。

可是剧情并没有朝着自闭症少年在朋友的帮助下走出困境，迎来积极健康的新生活这个态势去发展。

这个少年，依然一直处在各种各样的问题当中，他静静地看着帕特里克跟男友闹翻为此心碎，被动地接受了女孩玛丽的主动追求却又时刻盼着分手，明明喜欢珊却从来都不肯主动……

珊告诉他："你不能只是坐在那儿，把所有人的生活看得比自己的重，然后把这叫作爱。"什么是爱呢？爱是占有是陪伴，而不是静默地旁观。

查理看似有了一堆朋友，他体贴，善解人意，懂得每个人的喜好，能够送给他们最贴心的礼物，可是事实上，他依旧没有学会去爱，他也没有学会真正去接受这群朋友。

考上大学的珊和帕特里克离开了这座城市，失去了他们陪伴的查理，开始反复地出现阿姨车祸的幻觉，我们也开始慢慢懂得，查理的自闭，并不仅仅是因为在青春时期失去了重要的亲人和朋友，而是他从幼年开始，一直遭遇着来自感情生活不顺利的阿姨的猥亵。他恨着阿姨，却又时刻为阿姨的死感到自责，这种复杂的情绪压垮了他。

在发病时打给姐姐的电话中，查理几乎崩溃着说：阿姨是我害死的对不对？她的确是为了给我买生日礼物才出的车祸，但如果我一直盼着她死呢？

这个看起来不大正常的少年，一直在默默地承受着巨大的心理压力，他无处发泄，便积郁成疾，一步步走向自我毁灭的边缘。

02 ///

也许每一个沉默不语的孩子，内心都曾经有着波涛汹涌的往事。

很多人都和查理一样，在别人看来是一个内向的、有自闭倾向的人。

害怕人群，不愿意主动去接触别人。

走路的时候恨不得贴着墙根，不愿意去看周围的其他人。

如果有人突然跟自己很熟络，第一个反应是拒绝。

在人群中总是会手足无措，徒然地笑着，却不知道自己该说些什么。

很想融入人群，很想有一堆朋友可以谈笑风生，很想在别人聊得热火朝天的时候加入进去，却还是被那种深深的孤独感打败。

不愿意跟人交流，不愿意跟人说话，甚至不愿意跟人接触。

那些不愿意跟人坦白的秘密和难以启齿的伤痛，像是一堵墙，将你彻底地隔绝在人群之外，你无法坦然跟人相处，因为你害怕，如果跟人过分亲近，那些掩饰得完美无缺的阴暗和痛苦就会喷薄而出，让你自己再次堕入深渊。

也许，只有经历过这种想要让自己从人群里消失掉的绝望感的人，才能够从查理身上看到那个无能为力的自己。

高一的时候，被班上的同学排挤，他们在我站起来回答问题的时候抽掉我的凳子，看着我坐到地上然后哄然大笑；被宿舍里的室友冷落，她们在我去卫生间洗澡的时候插上门，任凭我穿着单薄的秋衣叫了好久还责怪我打扰了午休。

高二、高三的时候，一直在经历着父母反复地争吵闹离婚，我爸会在半夜打很长的电话给我，不停地骂我妈；而每次去找我妈要生活费，又必须从头到尾听完她对我爸歇斯底里的咒骂和控诉。

漫长的离婚拉锯战里，我是双方最忠实的听众，然而却丝毫没有能力让他们和解。

也许这些事，在旁人眼中并没有什么大不了，可是对于十几岁的我来说，却无疑是毁灭性的打击。

我不知道发生了什么，不知道自己为什么会被人讨厌，也不知道为什么突然之间好像爸爸妈妈都不再关注我了。

他们似乎忘记了我正在准备高考，他们不再管我的学习成绩，在我妈无数次拒接我爸电话之后，我成了他们彼此发泄怒气的那个中介，他们肆无忌惮地向我诉说对彼此的不满和怨恨。

可是他们也似乎忘记了对我来说，他们是我的父母，我应该用怎样的立场去回应这些充满了愤怒和恶毒的话语？

我哭了很多很多次，因为感觉自己什么事都做不了。而他们，似乎都渐渐离开了我。我在心底认定，自己是被他们给抛弃了。

而一个这样无能又失去父母的我，又有什么理由能够得到别人的爱呢？连最亲密的家人都可以离开的我，又有什么理由可以留住其他人在我身边呢？

不，我不要，我不要跟人接触，我不要接受一次次的失去。

很多时候，我都独自一人坐在操场的角落里发呆。翘掉很多次的晚自习，坐在废弃的教学楼里，一个人沉默。我开始长白头发，失眠，整夜整夜地睡不着，成绩开始不断地下滑，我不想上课，不想跟人说话，不想待在那个满是人的教室里。

03 ///

查理自杀后，在医院里醒来，他终于肯开口对医生说那段被阿姨猥亵的阴暗回忆。他不再害怕，也不再试图独自背负那么沉重的往事。

再次见到帕特里克和珊的查理，才最终迎来了新生。他站在车后，迎着风，张开了双臂。

查理是幸运的，他遇见了帕特里克和珊，他们在某种意义上带领他走进了另一个世界，是他们告诉查理："we accept the love we think we deserve."我们接受爱，是因为我们值得被爱。

一个打从心里认定自己不值得被人爱的人，要他重建起对别人和自己的信心，是太艰难太艰难的一个过程。

是的，走出来很难很难。

我的青春，回想起来并不是一段特别美好的回忆，我笨拙地行走在那段黑暗而又漫长的时光里，试图找到自己的出口，崩溃过，彷徨过，磕磕绊绊，挣扎着从那些混杂着一次次的绝望和痛苦的日子里爬出来，虽然哭了太多次，心碎了太多次，但也总算是全身而退。

有时候也会想，自己是怎么走出来的呢？

十分感激那时候留在我身边的朋友，虽然也许他们并不知道我内心的无力感，但是有人走在自己旁边，至少感觉自己是个正常人。

也十分感激这么些年，我从未放弃过自己，一直在努力地用各种方式救赎自己，在一次次被负面情绪打败的时候，埋头阅读和书写，构建出另外一个安稳的世界。

过了很多年之后，在看到这部电影的最后，看到屏幕上出现那句话："We Are Infinite"。是的，我们所有人，都拥有无限的可能。

哪怕青春期里，有那么多不美好的回忆，有那么多在别人眼中或许是寻常、对自己来说却是无法承受之殇的心痛，有很多次因为不知道该如何努力才能让自己好一点的崩溃；或许青春里的所有成长都有着或大或小的辛苦和忧伤，但我们都无法在此时选择后退。

我们从来都无法选择自己从哪里来，那里是光明还是黑暗，是充满欢声笑语还是悲伤泪水，是温暖感动还是冰冷绝望。我们唯一能够决定的，是选择自己去哪儿，是继续停留在此地，还是努力挣扎着，从那些不美好的过往里走出来，去往更光明的地方。

更美的自己需要宠爱，而不是敷衍

我一直都不是一个很自信的姑娘，从最初的少年时候的懵懂开始，只知道偷偷喜欢一个人，隔着很远很远的地方看着他的侧影，等到他从身边经过的时候，一颗心却又是跳到了嗓子眼，连话都不知道说一句。因为总觉得自己不够美，穿着也不够入时，相比身边的一个个漂亮妹子，自己简直弱爆了。

这样的胆小和怯弱，一直到了20岁那年，被室友们怂恿着、强拉着去跟喜欢了好久的男神表白，还记得他说出“好的，那我们试试吧”的时候，周围所有的小伙伴都抱着我开始欢呼。

后来，那场恋爱到底还是无疾而终，而我，确实从那一年才开始慢慢改变。

那一个夏天，从来都没有穿过裙子的我，一口气买回了十一条各种长裙短裙连衣裙，从来没有穿过高跟鞋的我，买回了五双款式不同的高跟鞋，我开始每天坐在电脑前翻各大美容美发网站和教学视频，往宿舍里慢慢囤各种推荐的产品，然后再继续搜网络论坛，看各种视频、美容和发型节目……对着镜子笨手笨脚地在身上和头发上尝试……如果说我人生第一次懂得主动地对自己投资，就是从那个时候开始的。

到了后来，镜子里那个粗枝大叶的女汉子，终于看起来稍微有了点女人味。那时候才懂得，一个人的自信，不仅仅是来源于内在的知识与芳华，还来自你的仪容和外表。

哪怕并不天生丽质，也需要把自己收拾得妥帖利索，让人看起来赏心悦目。让自己变得更好，这样的投资，无论是金钱还是时间，都是非常值得的。

我们总是在网络中看到各种白富美，羡慕她们的大长腿白皮肤，羡慕她们可以每天不重样地换新造型、可以买得起昂贵的包包和鞋子，羡慕她们的精彩生活，却忽略了一点，那就是对白富美们来说，最重要的不是生活条件的优越，而是她们积极乐观面对生活的态度，以及那份无论何时何地都丝毫不放松、好好打扮和保养自己的耐心和决心。换一句话来说，她们之所以看起来美，不仅仅是出于天生丽质，还出于她们懂得奢宠自己，认真精致地经营自己的生活。

我有一个大学同学Z姑娘，身材高挑，大眼睛，长睫毛，如今每次见她，都是妆容妥帖，发型到位，更重要的是，她工作也十分拼命，在著名国际公司上班，经常加班到深夜。

不仅如此，她每周都抽出时间，定期去健身房健身，塑造自己的体形曲线，还报了和工作有关的一系列专业课程学习，每天都忙到神龙见首不见尾。可就是这样的她，无论多晚回家，都会仔细卸好妆之后敷上面膜，无论睡得有多晚，都会在睡前搭配好第二天自己要穿的衣服。

因此任何时候见到她，都是面色红润，说起话来，温柔动人又底气十足的样子。姑娘家境优越，男友也门当户对，对她宠爱有加，有时候我开着玩笑问她：“分明就是个货真价实的白富美，还这么拼命，叫我们这些普通人可怎么活？”

她却正色告诉我道：“每个人的生活，都掌握在自己手中，无论是穿衣打扮还是认真工作，都是对自己的投资。很多人觉得上无数培训班，读无数的书才是为自己投资，却不好好经营自己的外表。在社会上，第一印象非常重要。知道自己当得起赏心悦目的仪容和外貌，更知道自己的能力，你才能更有信心在工作中做到更好。”

她仔细看了看我，接着说：“你现在虽然跟之前相比有了一些变化，但终究还是不够爱自己，说到底，你在敷衍自己的生活。如果一个人都不能好好宠爱自己，怎么有能力去爱别人？”

“别的不说，先去把你的化妆品什么的换换，别再偷懒只去淘宝上买，化妆品需要去专柜试色上妆，才能找到合适的；护肤品面膜什么的，也买些真正有效果和相应功能的，别再用乱七八糟的东西……”

我才明白，我当年的那些执拗和较真只是出于赌气，却没有学会真正地懂得宠爱自己，即使现在终于能够踩着十厘米的细高跟穿着窄窄的包身裙也能走得从容坚定，却没有明白，一个人想要让自己变得更好，并不是出于外界的刺激，而是内心深处拥有想要宠爱自己、改变自己的欲望。

希望自己在以后的日子里，可以做到更好，让自己更美好，更加光芒四射，哪怕没法逆袭成白富美，也要以白富美的生活态度为目标，丝毫不能松懈。

羡慕别人，不如踏实走自己的路

有个高中的学姐加我的QQ，我很激动地跟办公室里的姐妹们说："哎呀，这个姐姐好厉害的，当年是我们高中时候重点班的，成绩特别好，后来考到了中传，然后回家来开了家店卖婚戒，第一个月的营业额就是多少多少，动不动就出国这里玩玩那里玩玩，生活得不要太好……"

还没等我说完，我的同事突然说："我发现你总是在不停地说这个厉害，那个好厉害，然后觉得人家的生活怎么怎么都好，自己过得是多么多么苦逼。"

我在那一刻恍若被人用一盆凉水兜头泼下，张了张嘴想要为自己辩解些什么，却发现，好像似乎事实就是这样。

我总是在羡慕别人，总是在抱怨自己的生活不够好。

我羡慕同学A，因为她和学霸男友谈了五年的异地恋都没有分手，最后终于和男友去了一个城市，还考上了同济的医学研究生。

我羡慕同学B，因为她大学的时候就成了学校很牛的人物，同样是学新闻的，她从大三开始拼命，终于以第一名的成绩考上了梦寐以求的中传，现在可以在央视在凤凰实习，还找到了学霸男友。

我羡慕同学C，因为她学的是我想要学的中文，一直在上学，因为她家境好，人又好看，去云南读了研，没事就游山玩水朋友圈PO照片。

我羡慕同学D，因为同样是一起毕业，一起开始工作，她在公司里表现很出色，工资翻了一番，各方面的能力都被人认可。

我羡慕同学E，因为她终于离开了自己不想待的公司，去一家私立学校教书，成为了自己一直想成为的老师，薪水涨了很多，又可以和异地的男友住在一起。

我羡慕姑娘F，因为她一直很有勇气，大二时离开学校自己去上海闯荡，学了很多东西，认识了很多人，给人画图，后来自己开淘宝店收入颇丰，又遇见了正好的那个人索性结了婚，现在每天在家带儿子，随手照管的一家店也生意兴隆。

…………

我羡慕很多人，因为他们书读得比我好，工作比我好，感情方面也比我好。我觉得他们比我能干比我聪明比我运气好。总之，我总是认为，在别人面前，自己一无是处。

人常说，越在乎什么，就表示越缺失什么。

我心心念念地不停地跟人说着，我这个同学好厉害啊那个同学好厉害啊，只是因为，我没有像他们一样继续念书，考上当初我想要考的学校；只是因为，我从来没有好好谈恋爱，直到现在还是单身；

只是因为，我对自己现在的生活不满，而又不肯努力下定决心去改变它。

是的，我知道，这些姑娘都远远比我要努力得多。

A在医院实习的时候还坚持看书，一个科室一个科室地到处被人赶，有一点时间就用在了复习上，而且她一直在追赶着男友的脚步，因为不想跟他差距太远。

B从大三开始就几乎屏蔽了所有和外界的联系，一心用在了复习上，她第一名的成绩，不是白白得来的。

C也一直在努力复习，各种考试轮番着参加，当初没有考上理想的学校，调剂到云南的时候也曾经心有不甘，然而现在她依旧在不停地努力着，从未停止过。

D工作一直很拼，跟人钩心斗角被同事算计哭到不行，加班加到很晚，出去应酬喝酒喝到胃疼。

E每天都要上很多的课，从一个教室不停地转到另一个教室，面对小孩子有烦躁有抱怨，但是她说，年轻的时候就应该拼命一点，以后才会过得好一点，虽然很辛苦，但是看到工资单的时候会很有满足感。她的工资是我的好几倍，辛苦也是我的好几倍。

…………

而我，我总是信心满满地计划很多事情，然后一项一项地不去做，然后不停地羡慕别人比我厉害，不停地抱怨自己这也不行那也不行。

如果继续这样子下去，我还是会什么改变都没有，会一直在这个小县城里过着日复一日、年复一年重复的生活，会成为一个我不想成为的只会一手抱着孩子一手打麻将的世俗的妇女。

突然间发现，我所羡慕的那些人，其实都是我理想中的自己，但是，仅仅是羡慕是不够的。

我很庆幸自己的身边都是这些可爱的优秀的好姑娘，她们都光芒万丈，都闪闪发光，而我，需要做的，不应该只是羡慕，而是踏踏实实地做好自己想要做的事情。

趁着自己还不算年纪大，趁着自己还有梦想，不要再继续蹉跎岁月，不要再继续自甘堕落。

这么些年，我一直在抱怨，抱怨自己家庭条件不好，抱怨自己长得不好看没人喜欢，抱怨自己这样也不行那样也不如人家。

我忘记了，无休止地抱怨从来都不能改变什么，只会让生活越来越糟糕，只会让自己一日日陷在泥沼里不可自拔。

看很多很多书，勤动笔写很多很多字，多思考，多关注。——我想要做的，不过如此罢了。

我想要的，不过是在阅读和书写中让自己更加直面自己的人生，让自己在岁月中越来越从容安定，越来越睿智聪慧罢了。既然如此，为何不从现在就开始努力呢？也许有一天，我会见到自己闪闪发光的那一天。

我终于肯原谅
自己所有的软弱和无能为力

晚上九点，从心理咨询师那里出来，走到路口的铁道，听着“叮叮”的警报声，有火车“轰隆隆”地开过。

经历了一场痛哭了整整一个小时的访谈，感觉整个人都快要虚脱，被人群推着向前，坐上地铁，在角落里继续落泪。

13号线里人潮拥挤，没有人注意我。也许这是北京的好处之一，无论你有多么狼狈不堪，都不会引起围观，也不会有人来指指点点。

而哭过之后，需要面对的，还是日复一日庸常和繁复的生活。

去年一整年，我似乎快要把自己活成了一个励志典范。很多人给我留言说：“我觉得你很坚强，我觉得你很棒。”

很多人说：“我觉得你很厉害。”还有人说：“我真羡慕你的好运气。”

我感觉很困惑，自己做了什么呢？

写了几篇文章，也没有特别火。做了几本书，也没有卖得特别好。

除此之外，并没有做出任何值得夸耀的事情，有什么好被人称赞的呢？

甚至面对这些，我从来都没有感觉到开心。

依然是惶恐、害怕，觉得自己做得不够好，觉得自己做得不够多，觉得自己付出太少，觉得自己不够努力。

可是，要努力到什么程度，才叫真的努力？

我有个很好的朋友，在她的年终总结里写道："年轻人因为经历的世事尚浅，总以为自己光芒万丈，有扭转乾坤的非凡魔力，所以一头撞死在墙上，徒留一地苍蝇血，没撞死的，像我这样，开始感到绝望，把过去二十多年积累的乐观一次性榨干，被绝望吞噬殆尽，连个骨头都不带吐的。所以，很尴尬地，我在前年的时候得了抑郁症。"

这也是我这一年最大的感受，把过去二十多年积累的乐观一次性榨干，绝望无时无刻不在，一次次怀疑自己，一遍又一遍地否定自己，然后焦虑，暴躁，不安。

整夜整夜的失眠，凌晨四点躺在床上睁着眼睛，恨不得被黑暗直接吞噬，也许这样就好过了。

这种状态持续了好几个月之后，我的身体开始出状况，终于有一天，在吃了三颗止痛药都无法缓解自己的头痛的时候，我开始意识到，不能够再继续了。

开始试图自我解析，关于抑郁症、心理学的书，一本一本地开始看。

再次失眠的时候，坐在床上一边哭一边看《走出抑郁》《中毒的爱》，试图去分析自己的来源，内心里的阴暗，对自己的影响，以及该如何去解决。

去见心理咨询师，她问我：“这么多年来，你都是一个人，你是怎么支撑过来的呢？”

她问我：“为什么你总是在谴责自己呢？为什么你永远无法接受别人对你的赞美呢？”

她问我：“如果，如果你见到当初那个孤单的、被抛下的自己，你想对她说什么呢？”

她问我：“你有没有好好照顾自己呢？”

而我面对所有的问题，唯一的反应是哭到崩溃。

而最终，我终于在哽咽了无数次之后，把那句话说出口：“我不想要活得那么辛苦，不想要有多么成功多么牛逼，不想要别人对我说你很坚强，我只想让自己开心一点。”

那一刻，内心突然间就安静下来。好像一直被一根绳子越勒越紧，在濒临窒息的那一刻，“嘣”的一下断掉了，好像直到那一刻，才呼吸到真正新鲜的空气。

写过一些鸡汤，看过很多励志书，好像整个社会都在告诉人，只有拼尽全力，才有资格活在这个世界上。我们评断一个人是不是优秀，变得越来越简单粗暴：社会地位有多高，取得了多少成就，赚了多少钱，是不是成功人士。

我们所期待的、内心里向往的生活，都是在多少年内可以实现自我社会阶层的突破，可以跻身社会中产，可以从之前那个一无所有的小屌丝，变成众人瞩目的“成功人士”。

仿佛逆袭，成为了新的宗教信仰。好像拼命，成了我们达到目的的唯一方式。

我身边有太多的人，都活得很拼命，也有太多太多人，每天都在反复地告诉我，只有努力到极致，才能算不辜负自己。

被这种压力追赶着，每天都活在“我不够努力”的自我谴责中，不断地怀疑自己的价值，好像无论做多少努力，都比不上别人，好像所有的付出，都起不到任何作用。

挫败感如影随形，走在路上的时候，似乎每一个影子，都在嘲笑你没用。

在被抑郁和焦虑折磨得持续失眠两个月之后，我突然发现，我想要的到底是什么呢?

从小好好学习，结果大学没考好，我自责，自暴自弃。

工作了之后，用尽一切办法往前跑，搭进去自己所有的空闲，在这一年里，我发现我跟朋友渐渐疏远，没有自己的兴趣爱好，没有好好出去玩过几次，把自己的空间挤压到只有一点点。

可是，我不快乐，我只有越来越多的不安。

一个懒散了二十几年的人，突然间变成工作狂，对我来说，获得的从来都不是终于改变自己的成就感，而是如影随形的压力和焦灼，以及不断的自我否定。

对很多人来说，拼命努力源自内在的驱动力，可对于我这样一个O型双子座来说，这是彻底的自我折磨。

每一天睁开眼睛，想到一堆事没有做，想到自己找不到选题，想到自己的节奏不对，就开始焦虑，然后消极地逃避，厌恶，给自己打一千遍鸡血之后才能爬起床。

写了那么多鸡汤文，去教导别人要努力，要追求梦想，要做最真实的自己，却依然对自己的所有问题无能为力，很多时候，我不愿意承认这一点，甚至不愿意接受，自己其实很甘于平凡。

然而神奇的是，在承认自己不过是个普通人，我没法做到“逆袭”这样一个壮烈的事迹，我甚至对成名发财这件事也没有那么热衷之后，我仿佛得到了解放。

我终于肯接受，其实，我没那么大野心，我也没有什么想要出人头地的伟大理想，我想要的是，每一天真实地生活，有一份自己喜欢的工作，身边有一群人陪着我玩笑，可以写写自己想写的东西，可以去尝试一点自己想要尝试的事情，就足够了。

重新开始梳理一次，一次次地核对自己的人生目标和内心真正的需求。

然后有一天，我突然发现，自己不再恐惧起床，不再睡不着，不再大把大把地掉头发，不再因为写不出来任何一个字而悲伤，也不再因为突如其来的工作中的困境而愤怒不安。

好像所有的负面情绪，就这样静静地消失了。

有人给我发豆邮说：我感觉你很坚强。

坚强吗？也许吧。这么多年，我熬过很多很多，一个人摸着石头走了漫长的很多路。

我以为这样就足够了，以为得到很多人的关注，以为取得一点点成绩自己就会满足。

可是并不，那些缺失的爱和陪伴，还是会让我在面临一点点挫折的时候，感觉无比孤独和绝望。

在勉强自己独自撑了这么多年后，我终于肯原谅自己所有的软弱和无能为力。

我想，比起所谓的成功，我更想要的，只是真实而温暖的生活而已。比起做一个鸡血却冰冷的人，我更想成为的，是一个有趣的、温厚的、善良且快乐的人。

在一次次去回顾独自一人穿越所有黑暗的那些年，我终于开始意识到，我没有照顾好自己；终于开始承认，其实我一点都不坚强，也从来都不愿意去做一个坚强的人。

2015年，我很幸运地遇见了一些人，他们包容了我很多，不停地鼓励我，也一点一点地让我更加认清自己。

小美姐姐跟我说：其实你很好，只是你自己不知道，而且，是认识你越久，越觉得你好。

庆庆姐姐跟我说：其实你做了很多，你已经够努力了。

伊心跟我说：你好好照顾自己，就是我最想看到的事情。

也很开心，遇见了一个能够给我足够空间的公司和领导，没有一直push着我去做什么，而是让我可以在找到自己节奏的同时慢慢来。

于我而言，2015年对我的意义，并不是自己做了什么或者没有做什么，而是我终于在回避了自己那么多年之后，开始试图去正视自己过去的那些黑暗，和它们给我带来的影响，开始认真地找到自己内心的真实欲望和需求，不再试图把自己隔绝在所有人之外，也不再用避免给人回应的方式保护自己。我不再总是为了得不到的事情而折磨自己，也不再总因为自己跟别人差距很大而责怪自己。

在怀疑和否定之后，我重新拾回了那些被现实和打击磨灭掉的信心。我没有那么差劲，我只是真的做不到一步登天，既然如此，不如慢下来，重新梳理自己的工作和生活，那么匆忙和迫切地想要证明自己，然后理所当然地失败，却不肯承认是自己过于急躁，反而开始怀疑自己的能力有问题。

可是步子迈大了，本来就会扯着蛋（虽然我没有……）。

仔细回想了自己做的这一点事之后，我觉得自己做得还可以啦，不算特别好，也不算特别坏。

依然是有着些微渺小的梦想，只是就将它们放在心底吧，然后慢慢去走，不再因为急切而勉强自己疲于奔命。

依然会为了想要的所有而默默努力，只是对我而言，我需要的，是先给自己一点时间，给自己足够的空间，多照顾一下自己的感受，爱自己多一点。

依然会朝着自己的目标继续前行下去，只是这一次，我想抵达的，不是别人眼中的羡慕和世俗意义上的成功，而是更加了解自己，去发掘自己的长处，去在工作中找到乐趣，去努力将自己完善成一个完整的、健康的人。

如果可以许一个新年愿望，我只希望自己可以成为一个拥有快乐能力的人，可以成为一个能够去爱、能够去接受爱的人。

也许对我而言，做到这一点真的很难很难，但庆幸的是，我从未放弃过，我从未放弃过相信。

我终于可以说，我开始慢慢变得好起来。

我终于开始相信，无论过去的阴暗多么沉重，逃避和试图掩盖都是无力的，只有面对它，解决它，才能够治愈自己，让自己慢慢恢复。

DAY 6

不说永远，只说珍惜

曾经遇到的人就像错过的列车，中途下车后就不知去了哪里。

你信誓旦旦地说依然相信爱情，可爱却因为你的不屑把你甩在关了灯的月台。

爱而不可得，得到不珍惜，我们一次次诉说爱，却依然不懂爱。当你长大后再回忆那些生命中出现过的人，一切都变成可以讲得出口的往事，也渐渐学会了原谅。

爱不起是负担越来越重人心却越来越轻，伤不起是伤害刻骨铭心爱情却姗姗来迟。

不担心为爱而伤，只担心无法再爱。你我都一样，总说以爱之名，却在爱探出头时，蒙了眼睛，迷失了方向。

世间最美的相逢，从来都是共赢

布丁小姐最近很烦恼，拉着我去吃甜点。

在我正大快朵颐吃着一块巧克力舒芙蕾的时候，布丁小姐的叹气声，让我感觉连舒芙蕾都没有那么美味了。

我只好问她，到底怎么了？

布丁小姐开始唏嘘感叹，诉说自己昨日在商场偶遇一学姐和她老公，学姐人长得好看，家境优越，工作能力优秀，谁知道老公也英俊潇洒，对她事事关怀体贴，两人之间的甜蜜指数爆表，对她这只单身狗造成了十万点的伤害，为此一蹶不振，郁郁寡欢。

她愤愤不平地问："学姐本人够叫人羡慕嫉妒恨了，白马王子还都被她抢了，叫我们这些普通人怎么活？"

我笑："你也说她长得漂亮家境又好了，找到这样的老公不是很正常吗？白马王子不娶小公主，难道还真的去找灰姑娘吗？"

布丁小姐对我的回答很不满："不是吧？我觉得最主要的还是心态。要说长相，她也不算顶好看，要说家境，他们家也算不上大富大贵，但是她整个人看起来就特别有魅力。”

可是，若不是她生活如意，哪里会有那么好的心态呢？

一个人的状态，往往最为直观地反映出他最近生活是辛苦还是适意。

而她生活适意，也往往是因为她自己足够好，是她应得的罢了。

平常同闺密们聊天的时候，总会有人感叹，身边有谁谁谁，明明长得不怎么样，找的对象却是又高又帅又有钱——这句话的潜台词往往是，我觉得我比她好多了，我怎么就找不到呢？

有次毒舌如我，贱兮兮地回了句：“你怎么知道人家就不怎么样，也许确实长相不佳，但是或许她家里条件好呢？或许她温柔似水会持家厨艺一流呢？再或许，她床上功夫好呢？”

对方彻底无语，只说，你讲话能不能不要这么露骨？

每个人的一生中，或许都有一个重要的使命，那就是，于千千万万的陌生人中，找到那个能够与你相伴一生、不离不弃、相濡以沫、历经岁月的各种艰难依然能够在年华老去的时候携手缓缓而行的人。

我们在期待着，在守候着，恨不得希望自己有孙大圣的火眼金睛，在人群中能够一眼就认出他来，然后直接冲过去抱住他恨恨地说一声：“该死，这些年，你都躲到哪里去了？”

有人是幸运的，很早就遇见了那个人，从青春的懵懂一直登上了婚姻的殿堂，哪怕是生活的油盐酱醋也没有让他们厌烦。就算当初的激情退去，也依旧有足够的坚持继续走下去。

有人的运气就没有那么好，将最美好的年华错付了，身边这个曾经信誓旦旦的人儿，到头来却只剩下一句不爱了，还有更难堪的是，他在你不知道的时候早已另结新欢。难过、不舍、泪水、挣扎，都无法挽留。

有人倒是随遇而安，优哉游哉地准备过一辈子快乐的单身生活，却冷不防就在某个路口的拐角处遇见了谁，然后就走上了生活的另一个轨道。

还有很大的一部分人，一直在等待着属于自己的最美好的相遇的到来。

在古代，女子的任务是操持家务，管理家事，还有传宗接代。所以，贤惠、体贴、好生养才是第一要义。

现代的姑娘们，大都是金刚芭比，需要把自己打扮得赏心悦目，又需要拎着公文包穿着高跟鞋走在车水马龙的马路上同男人一般挣钱养活自己。

有些姑娘累了，总想着要找个男人，似乎有了个男人，便解决了生活一切的烦恼。

于是，总有那些急着嫁出去的姑娘在不停地抱怨：为什么我总是遇不见那个我想遇见的人?

原因很简单，除了缘分还未到之外，我想，更重要的是，你自己的价值还远远未达到让你想象中的那个完美男人满意的程度。

这个世界上，没有人是傻子，你眼中不般配的一对人，总是会有一些你不知道的故事。即使真的有些平凡普通的人有着优秀出色的伴侣，那也必然是因为对方有着你没有发现的好处。——就算人有千般不是，也有人会因为同他在一起便感觉幸福，与你何干呢？

我一直以为，这世界最美的相逢，从来都是共赢。

无论是你想要遇见的那个，还是想要遇见你的那个，最美好的事，是遇见彼此，你们的生活会因此变得更好。

或许，你认为我简直是胡言乱语，这也未免太现实了一点吧？

可是爱情同买衣服，其实也有着一丝大同小异。

若一件衣服又贵又难看，你自然是看都不会多看一眼的。

若一件连衣裙好看得简直如同童话般不真实，价格你也能够承受，但是穿在你身上却是一场灾难，将你不够纤长的脖颈、不够款款的腰肢等身体的各种细微缺陷展露无遗，你还会买它吗？

每一次出门逛商场的时候，见到琳琅满目的美丽衣服，每个人都会挑花眼，恨不得全部都将它们带回家，可是最终在试过了一件又一件之后，能够静静地躺在你手中购物袋里的，必然是合适你的，你又能够负担得起它的价格的。

我总是以为，总有一天，你遇见的那个人，会成为你的锦上花，而你，也必然会是他生命中最亮丽的一道风景，这样，才算得上是最美丽的相逢。

我不需要我爱的人垂怜我。

我不希望在我爱的人眼中我是暗淡无光的。

我希望，我能够成长成值得我爱的那个男人欣赏并且真心赞叹的女子。

遇见了错误的爱情，也别把自己变成错的人

爱情中最美好的状态，无非是在对的时间遇见对的人，如同当年十五六岁的俏丫头黄蓉遇见了傻里傻气的靖哥哥，他们一生携手而行，到老也是为国为民并肩战斗。他后来成为了举世无双的郭靖郭大侠，而她一直是她背后那个眉目静婉的妻。

有一种遗憾是在对的时间遇见了错的人，如程灵素和胡斐，哪怕灵素姑娘医术高明，温柔似水，蕙质兰心，冰雪聪明，愿意牺牲自己的性命只为护胡斐周全。可是，对胡斐而言，不爱就是不爱，就算程灵素不死，就算袁紫衣出家，他还是会遇见娇滴滴美貌动人的苗若兰。他身边的那个人，从来都不会是她。

还有一种遗憾是在错的时间遇见了对的人，郭襄遇见她的大哥哥的时候，杨过又何尝不明白小姑娘对自己那一份单纯的爱慕，若是他们早就相遇，杨过又怎么会不喜欢这个古灵精怪的“小东邪”？只可惜的是，君生我未生，我生，君已经有了执手共度一生的那个人。

最最让人痛惜的，却是在错的时间遇见错的人，如李莫愁和陆展元。

你一定不会相信，金庸小说中我最喜欢的一个女子，其实是李莫愁。

她是江湖上令人闻风丧胆的“赤练仙子”，金庸对她的评价是八个字——美若天仙、毒如蛇蝎。她在小说中的第一次亮相，就是一个杀人不眨眼的美貌道姑。她对陆展元恨之入骨，就算是他死了，她也要挖开他的坟墓，将陆展元和何沅君的骨灰一个撒在华山之巅，一个撒在东海之角，一个高入云，一个低入地。

那么恨一个人，也不过是因为当初李莫愁曾经爱过他。

恨，不过是因为陆展元不爱她而已。

就算是为了他变成嗜血狂魔，视人命如草芥，却下不了手去杀陆无双和程瑛，只因为她们手中那块当年她送给陆展元的那方她亲手绣了红花绿叶的锦帕。

李莫愁的满腔恨，也在见到那方泛黄的锦帕时幻化成了满腔柔情，她美滋滋地想，陆展元还留着这方帕子，想必对自己还有那么一点情意的吧？

李莫愁并不懂得，陆展元只是太了解她，知道她对自己的爱，才将自己女儿和侄女的性命都赌在一方锦帕上。是的，他赢了。

这男人太残忍，他看着这些年李莫愁为了他叛离师门，为了他杀人如麻，他依旧走得义无反顾。

陆展元并没有错。他只是不爱她而已，或者说不再爱了。

他遇见李莫愁的时候，她还是个天真任性的小姑娘，或许是古墓里的时光太寂寞太冷清，那个留着辫子穿着杏黄衣衫的少女李莫愁，第一次见到陆展元，便爱上了他。为了陆展元，李莫愁不顾师父的教诲，不避男女之嫌为他疗伤。甚至，她也不再贪恋古墓派的掌门之位，违背了自己终身不出古墓的誓言，只是因为她想要同陆展元在一起。

可是李莫愁并不懂得，这世间所有的爱情都是两个人的事情，你爱我，我不爱你，并不是个错误。李莫愁学会了一身叱咤江湖的武功，连成名多年的黄蓉在她手底下都占不了半分便宜。可是，她从来没有机会学会如何去爱一个人。她固执地以为，我爱你，那么你也要爱我，如果不爱，那你就是背叛就是辜负，那么，我就要毁了你。

我一直以为，陆展元初见李莫愁的时候，肯定是爱过她的，那样一个美目流盼、桃腮带晕的少女，含情脉脉地为自己疗伤，他怎么可能不心动？他也曾经温柔地待过李莫愁，他们曾经如一对神仙眷侣，一个吹笛，一个吹笙，目光流转间也曾经深情如许。如若不然，李莫愁也不会下了决心离开师门。

只是李莫愁的爱太浓烈，她从来都不懂得该怎样拿捏分寸，她似一团热烈的火焰，用一种近乎决绝的姿态扑向陆展元。于是陆展元退缩了，这样的爱太沉重，他要不起。出身武林世家的陆展元，需要的是一个家世相当、温婉得体的妻子，而不是这个勇敢任性、不谙世事的孤女。涉世未深的李莫愁，怎么理解得了陆展元的精明世故？他和她，从来都不是一个世界的人，他只不过是她生命中的一个错误。

陆展元成亲的那一天，她孤身一人来到陆家庄，曾经给过她诺言、给过她幻想的那个人，身边的新娘却不是她。她不甘，她固执地想要杀了何沅君，以为是何沅君横刀夺爱，以为杀了这个女人，陆展元便会回到她的身边。最后，她败在高手围攻之下，被逼发誓十年间不能靠近陆氏夫妇。她曾经深爱的男人，没有为她伸出援手，甚至，他从此以后把她看作仇人。

十年间，李莫愁性情大变，那个天真果敢的少女，成为了江湖上人人欲杀之而后快的女魔头。而那个曾经伤害她至深的陆展元，却早已经变成了一抔黄土。她满腔的恨，满腔的怨，甚至满腔的思念与哀愁都再也无人诉说。

李莫愁一生都是桀骜不驯的，她好似一只豹子，凶狠，骄傲，从不低头，从不讨饶，独自疗伤，不肯轻易落泪。最后，在旁人眼中心如毒蝎的李莫愁，中了情花之毒，她再一次想起来当年的陆展元，还是意气风发的美好少年，她在他浓得化不开的眼眸下哼着江南水乡那首相思的歌谣，最后一次唱起了当年同陆展元一起唱的那首小曲："问世间情为何物，直教人生死相许。"她犹如一只最凄美的蝴蝶，在烈火中化为灰烬。

我总以为，李莫愁一直只是一个不懂得如何去爱的少女，她被伤害过就再也鼓不起勇气去爱别人。自始至终，她恨的是陆展元，爱的也只是一个陆展元。

每一次看《神雕侠侣》，都会为这个女子唏嘘不已。可是，有多少姑娘，如今还同李莫愁一样，因为一个人的不爱，就选择放弃自己，就把自己用坚硬的盔甲武装好，一生都在那个人的桎梏中无法自拔？

我亲爱的姑娘们，如果有一天，你爱上了一个男人。如果他爱你，那便再好不过。可是如果他不爱，请你千万不要将自己变成李莫愁，搭上自己一生的似锦年华。

恍惚记得当年的孟小冬，离开梅兰芳的时候说：“我除非不再唱戏，唱的话，不会比你差；我除非不再嫁人，嫁的话，也不会比你差。”后来，她成了著名的“冬皇”，后来她嫁给了闻名整个上海滩的杜月笙。这，才是真正骄傲的姑娘。

找男人一定要找潜力股？不如把自己变成潜力股

张爱玲说："女人一辈子，想的是男人，恋的是男人，怨的是男人。"

这句话虽有偏颇，但总归是不假，至少我们几个闺密在一起的时候，说来说去，话题总归是会绕到男人的身上。

放假回家，和几个姑娘一起闲坐，大都是单身，几句寒暄过后，就开始讨论："该找一个什么样的男人？"

有姑娘问："怎么样才能判断出潜力股？"

有个在公司做会计的姑娘，写惯了财务分析，老老实实地从资金、报表上给出了一堆答案。

周围几个姑娘大笑不已，赶紧打断她："她问的是，怎么样判断一个男人是不是潜力股啦！"

我问："可是，为什么一定要在乎别人是不是潜力股呢？"

姑娘说："比如说女的现在60分，男的50分，怎么样才能判断他以后会不会升值，变成70分呢？"

我回："你得先确定你自己是不是潜力股。要不然等他70分了之后，说不定人家到时候就看不上你这个60分的了。"

就如同那句话所言，男人没有能力，才会怪女人现实，女人没有魅力，才会怪男人花心。

无论如何，你得先确定好自己有足够的价值被人喜欢，才会担当得起足够好的男人，人生亦是如此。

曾经在地铁上听到一对奇葩男女的对话，男的说，那女的给我花了好几万，我为什么不能陪她睡几觉？女的说，难道我给你花的比她少吗？

跟闺密们说起这件事的时候，往往有姑娘出来控诉这男的是渣男，不是人，该拖出去乱棍打死。

痴心女子薄情汉，这种事再寻常不过。

可是，难道说，这样子的后果，不是女的自找的吗？

有位泼辣的姑娘一针见血地说："这男的肯定长得好看，女的肯定一般。"

事实就是这样。

外貌只是最浅显的能够被人一眼看出的价值，却不得不承认很多时候，这是相当重要的一方面——尤其是，你性格上没有其他的闪光点来弥补外貌的不足的时候。

一个50分的人，偏偏有80分的人在身边，大半都是因为对方别有所图。若是你心知肚明也就罢了，怕就怕明明清楚因果却偏偏歇斯底里怪别人不够爱自己。

女生自己够优秀才能让自己想要的男生爱上自己。

不管是长相、气质、工作能力、为人处事的能力、性格上的闪光点、生活习惯、人生观念还是家务能力，都可以成为判断一个女生的价值标准，综合而言，自己又能够得到几分呢？

如果一个女生长得又丑还又懒又馋，还偏偏总是抱怨自己找不到合适的对象，说自己外貌协会，说别人没车没房，说别人对自己不够上心——那不是开玩笑吗？

无论从经济上还是社会上来说，男人其实在爱情中都是占据主动的一方，都会在求偶过程中付出，不论是金钱还是时间，如果一个男人不愿意付出，很可能是因为他没有能力，但是即使他穷，还是能挤出时间陪你轧马路的不是？所以，往往最大的一个可能性是——他不认可你的价值，认为你不值得他付出。

其实，踏实、不较劲、上进的男人混得都不会差。不说能大富大贵，至少日子能过得下去。

可是，有太多姑娘，明明知道自己条件一般，却依然把所有努力的方向，都放在了“找男人一定要找潜力股”上。她们知道自己不可能嫁给高富帅，于是便心心念念地想要嫁给一个“有可能成为高富帅”的人。

坦白说，在我眼中，这是一件很投机的事情。

一个真正优秀的姑娘，自然很容易能够和自己各方面都匹配的男人在一起，只有那些自知各方面都很平庸的姑娘，又不愿意自己踏实努力奋斗，把所有希望都寄托在抓住一个“潜力股”身上，然后坐等他哪天升官发财，这样就可以证明自己投资成功，可以坐享其成。

如果一个男人真的是你眼中的潜力股，你确定你能HOLD住他吗？你确定自己的成长速度可以同别人保持同步吗？你确定等他升级成大BOSS之后，你同他还可以站在一个高度遥望风景吗？

如果你选择一个男人的动机只是因为他是潜力股，有朝一日可以不劳而获，那么也许最常见的结局是，上演一场男人发达了之后就抛弃糟糠之妻的故事，他们宁愿被世人骂作“负心汉”“陈世美”，也不愿意跟最初的那个人一起走下去，但其实很多人不愿意承认的一个残酷事实是，这么多年，他的能力、思想和眼界，已经不再和她站在同一个高度上了。

还有很多人，明明知道自己的价值同别人根本不对等，还是摆出一副我就是喜欢你，我喜欢你与你无关的架势。妄图用一己的付出去换来同等的感动，这是悲催的爱情观，跟肉包子打狗没什么分别。

我始终认为，爱情是相互的，一个人的，那不叫爱情，那叫单相思。男神也好，女神也罢，如果他不属于你，那么不管他是好得天上有地上无，他都等同于零。

爱情真的需要缘分，兜兜转转了那么多年，也不一定能够遇见合适的人。

但是自己要清楚，自己价值几何，自己的闪光点和不足是什么，自己适合什么样的人，同时不要忘记，在适合你的那个人没有到来之前，要一直不断地提升自己，把自己变得足够好，才可以遇见你想要的那个更好的人。

与其整天想着中大奖，把所有的心思都用在找到一个潜力股男人身上，不如先把自己变成一只潜力股。

不要委屈了自己，同时不要让别人觉得，选择你也是一种委屈。

纪伯伦曾经写过一首有关婚姻的诗，是我见过的关于婚姻最透彻的理解。

你们的结合要保留空隙，
让天堂的风在你们中间舞动。

彼此相爱，但不要制造爱的枷锁，
在你们灵魂的两岸之间，让爱成为涌动的海洋。
倒满彼此的酒杯，但不可只从一个杯子啜饮，
分享你们的面包，但不可只把同一块面包享用。

一起欢笑，载歌载舞，
但容许对方的独处，
就像琵琶的弦，
虽然在同一首音乐中颤动，
然而你是你，我是我，彼此独立，
交出你的心灵，但不是由对方保管，
因为唯有生命之手，才能容纳你的心灵。
站在一起，却不可太过接近，
君不见，寺庙的梁柱各自耸立，
橡树与松柏，也不在彼此的阴影中成长。

愿每个人对爱情心怀期待的人，都能够找到相伴一生的人。
愿每个人在恋爱的时候，能够多一些坦诚，少一些算计。

努力、在一起和相互喜欢都不是一回事

微博上有个关于任泉的段子，有记者问，你最喜欢听什么话？答曰：我们知道他一直很努力。最不喜欢听到什么话？答曰：你们知道他有多努力吗？

由此可见，努力，至少是把努力当作唯一，在这个年头，并不是件好事。

有一本新上市的书，你明明知道很烂，你不会因为这个作者出这本书有多努力就会去买。

有一部新上映的电影，所有人都说是烂片，你会因为导演有多努力就去掏钱看吗？当然，如果是别人掏钱也无所谓。

有一个人，你觉得他会因为你有多努力地追他，为了他做了多努力的事情就会喜欢你，就会和你在一起吗？就算是在一起了，你觉得，那就一定是你们相互喜欢吗？

这根本就不是一回事。

曾经有一位博主说过的一段话我非常喜欢："越来越不喜欢西天取经式的爱情，非要经历艰险磨难方显其珍贵，现实中好的爱情哪一桩不是彼此对上暗号就愉快地决定在一起了？接下来的课题就是怎样一起把生活经营得舒适安逸并且多存点钱。那些要用很大力气证明的其实我很爱你，一点都不牛逼，只能说明你们根本就不合适。"

我喜欢的从来都是水到渠成的感情，你看上我了，我看上你了，那就在一起好了。

也曾经近乎执着地喜欢过谁，各种狗血桥段连番上演，最后还是抵不过对方的一句"我不会喜欢你的"。

也曾经被人莫名其妙喜欢过，每次人家都会说，处处也许就会喜欢了，感情是可以培养的。每次都是几番挣扎后还是选择了一口回绝，并且近乎绝情地同对方没有半点联系。

会不会喜欢一个人，于我而言，往往在见到对方三十分钟后就可以判断出来。

通常在腐女的眼中，男人只有两种，即攻和受。不过偶尔我也会切换回正常模式，于是男人还是只有两种，我会喜欢的以及不会喜欢的。当然，会喜欢和喜欢也是两回事。

并不是我有多么外貌协会，也不是我有多么迷信一见钟情，只是我从来都很清楚地知道，自己会被什么样的人吸引，这是很容易判断出来的事情。

好了，下面开始切换正常模式。

1.如果你长得还算漂亮，估计会有很多人追你，其中一种叫作有钱人。

你和他在一起了，那就是喜欢吗？

不，你只是喜欢他的钱。当然，这没有什么不可以。

不过最完美的是，你喜欢一个人，他刚刚好很有钱。

2.他对你很好。

这是很多女生的软肋，但这也并不是喜欢。

你只是刚好累了，想要一个人依靠，只是被别人伤害了，想要一个温暖的怀抱而已。

当然，最好的，还是你喜欢的那个人，对你很好。

3.你觉得他条件还行。

身高、长相、学历、家庭条件，都跟你很般配。你爸爸妈妈喜欢他，他爸爸妈妈也喜欢你，都觉得你们在一起再好不过了。可是，在一起，又总是觉得缺少了点什么。

因为你不喜欢，他再好都没有用。

有人会说，这就是作死的节奏啊，这样子永远都嫁不出去了好吗。

是，如果你的人生目标是在适当的年龄，遇见一个合适的人，然后结婚、生子、过日子，那么，只要找一个靠谱的人就可以了。你完全不用考虑你是不是喜欢他。

大部分人都是这么过的，大部分人都觉得爱情和婚姻是两回事，爱情已经虚掷在过去的青春里了，只要时不时偷偷拿来缅怀一下就可以了。至于婚姻嘛，找一个条件般配的人，相互过日子就可以了。

有些人，努力去追求他们喜欢的那些人，哪怕为此伤痕累累也在所不惜。

有些人，似乎从来都没爱过，似乎一辈子都在做填空题，什么时候该做什么事，一个都不落下。

没有什么对错，也没有什么谁比谁幸福。幸福这种东西，从来都只有自己才知道。

喜欢，和努力没有关系，和在一起没有关系。

并不是说，男人不用努力去追女人了，要知道有些女人是喜欢矜持着，要看到你的努力才肯放心把自己交给你。

也并不是说，努力地喜欢一个人是没有意义的，如果你觉得陪在他身边为他付出很多都可以让你觉得快乐，那么请随意。如果这让你痛不欲生的话，亲爱的，还是爱自己更多一些吧。

那么，什么是喜欢呢？我相信，只要你不是傻子，你总会知道。

最好的事情，是你喜欢的那个人可以喜欢你，然后你们在一起生活，一直到最后。

可是，并不是所有人都是那么幸运。

愿你和我都可以成为那个幸运儿，也愿即使没有遇见那个人，你的生活依然能够漂亮而生动。

好朋友是如何一步步变得冷淡的？

01 ///

我还在加班回家的路上，她给我发微信：“你看了今晚的《花千骨》了吗？小骨成魔的样子好酷哦。”

她又说：“我老公说小骨没有黑化的时候比较好看，你说呢？”

晚上九点的公交车，依旧挤得腾不出地方来好好回一条微信。

她又发来：“你怎么不回我呀？”

犹豫了好久，不知道我是该回我没看过《花千骨》还是该回我太累了，只好说：“哦。”

她再也没有找过我。

我还是个尿床的小屁孩的时候就认识她，我们手拉着手上学，也曾吵过架红过脸，我们知道彼此情窦初开时第一个喜欢的人，知道对方第一次跟男生拉手、接吻，知道对方第一次初潮。

后来我们去了不同的高中，周末回家的时候我们会睡在一起，不是她家就是我家，说上大半夜的悄悄话，她告诉我刚刚认识的男孩子，我跟她说我最近的考试，那时候，我们依旧没有失去对彼此生活的好奇，长夜漫漫里，任何一个无聊的话题，都可以让我们笑上好久。

我大学刚毕业，她已经结婚，穿着洁白的婚纱，在人群里笑靥如花，她转过身子来跟我拥抱："要赶紧找男朋友啊。"

又过两年，她孩子出生，我去看她。她头上包裹着毛巾坐在厚厚的被子里，脸上圆润了很多，她一边给孩子喂奶一边问我："你都毕业一年多了，怎么还不结婚？"

我看着她怀里肉呼呼的柔软，也笑："我还单身呢。"她开始兴致勃勃："我家老公舅妈家的儿子，比你大一岁，也是刚从大学毕业回来，一会儿要过来吃饭，你们认识一下？"我说："我下周要去北京了。"

02 ///

到了北京后觉得生活节奏快得自己差点招架不住，我总是在忙工作，认识新的人，还要写稿，往往熬到很晚才睡，她自从嫁人后就没有工作，喜欢跟我说各种生活的琐碎，我回得越来越少，大部分时候都在忙，等我想起来的时候，她早就睡了；还有的时候，是不知道该如何回复，我不知道该如何处理她跟我抱怨的那些老公、婆婆、孩子之间的琐碎。

有时候压力大，想找人说说话，她无法理解我说的累来自何处，她永远只会回答："女孩子那么辛苦做什么呢？累了就回家，在老家待着多舒服，我们还可以继续一起玩。"

日子久了，我们不再经常通电话，连微信都很少发，再后来，我们之间的交集，只剩下了在朋友圈给对方点赞。

很多人都会叹息，为什么那些记忆里光着屁股长大的生死之交都会日渐疏远，曾经一起翘课一起给喜欢的人写情书的两小无猜到最后连一句话都无法顺利接下去，他们说世事无常，人心易变，他们说时光太残忍，感情太脆弱。

有时候会感觉非常非常心痛，那么好那么好的朋友，为什么会有一天，连话都说不下去了呢？也曾经想要努力地去弥补时间和距离带来的差距，可是往往会再次陷入无言的尴尬。

塞·约翰逊说过："友谊最致命的病患是逐步冷淡，或是嫌怨的不断增加，这些嫌怨不是小得不足挂齿，就是多得无法排除。"

而在现代生活中，即使是相识多年的朋友，每个人更加趋向于一个独立的个体，独自在一个个城市里生存着，他们接触的圈子不同，思考的问题不同，连生活的目的也有差别。

更多的时候，我们需要面对和解决的困境，你会发现，远方的朋友给不了你任何帮助和安慰。

03 ///

当我踩着高跟鞋穿梭在来来去去的地铁里的时候，她或许在家跟小姐妹聊天打牌；当她因为家庭琐事跟老公争吵痛哭的时候，我或许正在因为策划案又一次被领导否决了崩溃得躲在马桶上发呆；当我刚刚到家打开买回的外卖盒子往嘴里塞汉堡的时候，她或许已经睡熟；当她需要早起替一大家子人准备早饭做家务的时候，我距离上班还有三小时。

她说她羡慕我工作有趣能够认识一些牛逼的人，我又何尝不羡慕她生活安稳不需太多辛苦？

只是从我们选择了不同的路的那一天开始，就预示着有一天，我们再也无法给彼此的生活太多建议，也无法像以前一样成为彼此的安慰和依靠。

很多时候，残忍的不是时间，也不是冷淡，没有人能够陪着另一个人一直走下去，我们有着不同的终点，我们追求着不同的生活价值。

所以，当那个曾经跟你一起长大的闺密有一天渐渐跟你没有话题，那么，没有必要歇斯底里，也没有必要感叹人情冷暖，你们曾经有过最美好的回忆，而如今，看着对方在朋友圈里晒出的自己的小幸福和小安慰，送上最简单真挚的祝福，也许已经足够，而以后的路，你还需要继续走下去。

该消失的人会日渐消失，该遇见的人会慢慢遇见，你会遇见新的朋友，对方也是。

我无法
恋爱的理由

上周我们部门聚餐，大家问我多久没有恋爱了。

我想了想说：快三年了呢。

然后我们领导，给在座的每个人都打了遍招呼，

让大家帮我留意着，有合适的男孩子，一定要介绍给我。

作为一只专业熬鸡汤的“小公举”。

会经常写一些听起来肉麻兮兮的情感文。

表达我对爱情的向往和期待。

于是大家好像总是觉得，我十分、特别、想要谈恋爱。

认识一个姐姐，特别热衷怂恿我去谈恋爱。

把她的高中同学、大学同学、MBA同学的微信都发给我了，让我去勾搭。

连伊心，都把她的大学同学也贡献给我了，让我去认识一下。

然而我一个都没去勾搭，聊了几句之后，就忘记这回事了。

也不是没有人勾搭我。
我采取的唯一应对方式是，不理人家。
也没有觉得人家不好，就是单纯觉得，
跟陌生人说话好累，跟人介绍自己好累。

每次别人问我，为什么你不谈恋爱。
我都会一本正经地说，因为丑。
但其实，也并没有那么丑。
至少还没有丑到会没有人要的地步。

想当年，我也是一枚勇敢无畏的小少女。
可以画着笨拙的黑眼线去跟少年说：
我喜欢你。你可以和我在一起吗？

见到他的身影，小心脏就会扑通扑通地跳个不停。
有无数的话可以跟他说。
只是想到他，就会忍不住笑出声来。
从什么时候开始，就不再想谈恋爱了呢？

甚至，哪怕再喜欢一个人。
也都会觉得，你不喜欢我，挺好的。
这样，就不会去想，我们可不可以在一起。

越来越害怕去考虑，
和人在一起这个听起来好像很浪漫的问题。
越来越习惯了一个人，
所有的决定都自己做，
反正不需要对谁负责。

他们总是问，不会感到寂寞吗？
其实每天也不是一个人啊。
有人一起吃饭，一起逛街，一起八卦和吐槽。
工作上的事情，有同事和伙伴们可以探讨。
生活中的难题，也有朋友可以诉说。

可是有时候。
看了一个很好笑的笑话不知道该分享给谁。
发生了一件很尴尬的糗事也不知道该跟谁吐槽。
可是那些无关紧要鸡毛蒜皮的小事情，
比如我家的猫又吃胖了刚刚打了个滚看起来好萌。
比如哎呀我今天出门的时候穿错了一只袜子幸好没有人注意到。
比如我真的超级讨厌那个谁谁谁呢。
…………
这些微小的细节，却没有人可以说的时候，
感觉最寂寞。

即使是寂寞。

也没有真的想要去恋爱的想法。
至少，从来没有为了谈恋爱这件事做出任何努力。
就这样，慢慢地变成了一个没有办法谈恋爱的人。

那一天，
我跟小美姐姐聊天，
说到这个话题。
我想了很久，然后说：
你知道吗？我总是觉得，喜欢我是一件很辛苦的事情。

敏感，脆弱，沉默，固执。
宁可在背后默默哭也不肯软弱和妥协，
从来不肯去表达自己的喜欢和在乎，
总是在怀疑和否定别人对自己的喜欢。

有时候会忍不住想，
我觉得我也挺好的啊，
怎么会没有人喜欢我呢？
但后来终于发现，
其实只是我从来都不愿意相信，
别人对我的喜欢。

我跟小美说：
你看啊，一个乐观开朗的女孩子，她原本就有80分的爱在身上。

只要再有20分的爱，就会感觉很幸福很满足。
可是我啊，是个只有0分的女孩子。
如果一个人，只肯给我20分的爱。
我就会觉得，其实你根本就不爱我。

但是，但是，我又凭什么要求别人爱我那么多呢？
这对别人并不公平。
更何况，我从来都觉得，
自己并没有足够好，
好到可以让一个人爱我很多很多。

所以我一直都觉得，
喜欢我，真的是一件很辛苦的事情。
也许，真的要对我付出很多，才能够让我肯相信：
原来你是真的喜欢我，想要和我在一起。
我不忍心，让自己喜欢的人来走近我。
觉得，远远地，就足够了。

所以啊，这永远都是个死循环。
喜欢的人，不愿意去接近。
不喜欢的人，不想去接近。
又要怎么去恋爱呢？
我不知道。

那天有人给我留言，说：

你为什么总是在说自己，听得我都快腻了。

我知道，也许你们想看的，

是那些有关人生意义和个人成长的所谓干货。

可是有时候，我还是很想记录下自己的这些敏感和脆弱的一部分。

因为我知道，有很多人，都和我一样。

因为我也知道，哪怕我写得如何绝望和阴暗，

我依然在不停地去寻找，

可以把自己从坑里拉出去的方式。

要怎么样，才可以学会去爱一个人？

要怎么样，才可以学会接受别人的爱？

也许对我来说，是一件很难很难的一件事。

可是毕竟，我只是暂时没有办法去爱啊。

毕竟，我从来都没有放弃过，

学着让自己去拥有爱一个人的能力。

这两年，看着自己从一个笨拙的，

总是不知道该如何跟人相处的姑娘，

长成了另外一个依旧笨拙的，

却终于能够敢去跟人说话敢去表达自己的姑娘。

我所高兴见到的事情是，
那个曾经只活在自己的世界里的姑娘，
终于肯一点一点走出来，
去听听别人在谈论什么，
去见一见别人的世界有着怎样的奇妙。

也许，我们每一个人啊，
都曾经有过这样的感受吧，
好像自己被所有人抛弃了，
好像自己真的不值得被人喜欢和在意。

可是啊，在经历了所有躲藏在角落里默默悲伤和落泪的日子之后，
我们还是要从那里走出来。
去看一看外面的太阳，
去瞧一瞧太阳底下，
那些新鲜的人脸上的笑。

我很喜欢的一位女作家廖一梅说：“我看见了人类那深不见底的心，多少爱意都不能填满的心。是的，我们是这样卑微的人类，有过很多神驰向往的幸福时刻，却从未满足。我们每个人都是深不见底的深渊，没有哪位神祇给予的东西能令我们获得永恒的幸福。”

可是廖一梅也说："你从不早起，就像这个姑娘。嫁到邻村后，她不得不早早起床，当她第一次看见田野里的晨霜时，她说：'我们村里从来没这东西！'你的想法和她一样，你觉得世上不存在爱情，那是因为你起得不够早，无法遇上它，而它每天早晨都在，从不迟到。"

也许有一天，我们都会遇见它吧。

反正我是这样相信着的。

DAY 7

昨天太近，明天太远

人生来就是要面对着死亡，但没有人生来就会思考死亡，人们都在想活着的事情。

命运就是喜欢捉弄人，我们用此后的许多时刻，和那些曾经的故人说再见，因为从未准备好告别，所以再见也只能是再也不见。

我们用此刻的等待和付出，为离去的人做一次长长的守候，又用曾经点滴的回忆自欺欺人，以为一切都未曾改变。

时间可以迅速带走一切，却带不走迟暮的爱恋，带不走浓烈的情感，带不走镌刻的回忆，带不走所有缠绵悱恻的思念。

人生太过短暂，去爱去疯，去狠狠哭一场。

自从你走后，
我再也不能做个小孩

01 ///

小学的时候，我生了一场大病。

他带着我四处求医。

我总是记得自己昏昏沉沉的，模糊的记忆里，不是他牵着我的手到处走，就是他背着我到处走。

那几年我吃过形形色色的药，各种各样的偏方。什么一百家讨来的鸡蛋用来煎桃花，什么野山羊肚子里未出生的小羊油炸了过后吃下，还有奇奇怪怪的东西。

不管是谁说了句“这个东西对治病有效”，他都千方百计去求了来，然后胡乱塞给我，让我吃掉。

我不愿意，冲他发脾气，大哭，绝食，在家里把碗全都砸掉。

他总是哄着我，许出一大堆好处让我吃药。

他几乎没跟我黑过脸，大声说话的时候都没有，几乎对我百依百顺，只要我愿意吃药。

也就是那时候，我的脾气开始变得暴烈而偏激，容易发怒，任性，执拗。

然而那又有什么关系，反正他会一直哄着我。

在我生病的那几年，大概是我们最亲密的几年。他待我像是小公主，无法无天地惯着，整个村的人都笑话他，说他养了一个大小姐，任性，骄纵，蛮不讲理，不懂事。

他气冲冲地跟人争辩：我们家丫头，我不惯着谁惯着？

后来，终于找到了一位靠谱的医生，一年一年地开始吃中药。

花光了家里所有的钱。

他开始出门去打工，一年只回来两次，春节一次，农忙的时候一次。

每次他回家，我最开心，比过年还高兴，因为他会给我带好看的新衣服，新玩具，新的图画书。

我还可以跟他说，我又考了全年级第一，又是三好学生，又有了奖状。我好好学习，天天向上，只是为了在他回来的时候，可以在他面前炫耀。

后来病终于好了，不再需要月月去药房抓药，可是我和弟弟都要上学，学费那么贵……他还是每年都在外地打工，一年只回来两次。

02 ///

我13岁去镇上上初中，开始住校。

一个星期才回一次家。

除了第一次我妈把我领到了学校，每年开学，我都是自己背着被子去学校报到，然后去寝室把床单铺好。那时候我才意识到，原来自己其实也可以什么都会。

习惯了什么事情都自己来，所以上了大学，有室友铺床单套被套要我帮忙的时候，我觉得她简直有病，难道这种小事自己不会吗？为什么需要别人帮忙？

习惯了生活中没有父母亲角色的存在，所以我对人始终生分，很难跟人建立起亲密关系，也习惯了独自解决所有的问题，有心事不愿意跟人说，这些年独来独往，对人总是更愿意保持距离，面对别人突如其来的热情都会感觉有些手足无措。

记得十几岁的时候，表姐结婚，他带着我去参加婚礼。

半夜的汽车送我们回家，我在车上昏昏欲睡，他突然走到我面前，要把我抱进怀里，我却仿佛受到了惊吓一般睡意全无，噌一下坐起来一巴掌把他推开。

他有些尴尬地看着我说："我们家丫头长成大姑娘了，都不好意思要老爸抱了。"

高中去县城里念书，那时候他开始跟我妈闹离婚。

他开始一年只在过年回来一次，回来就跟我妈昏天暗地地吵架，有时候吃饭吃得好好的，就开始掀桌子砸碗，一地的陶瓷渣子。

我开始不愿意上学。在课堂上看小说，晚自习的时候翘掉，躲到其他教室去打瞌睡。

他也不再过问我的学习成绩，最近生活怎么样，每次打电话，都是跟我不停不停地抱怨他跟我妈那些乱七八糟的破事。

那时候，开始对他感到失望。觉得他怎么可以这样呢？难道他不是我心目中无所不能的那个他了吗？

怎么可以因为婚姻的不如意，就在家喝酒喝到烂醉，把我们一个学期的学费在赌桌上一次性输光？

十六七岁的我，看到40岁头发花白的他，因为生活的不如意坐在客厅的水泥地上号啕大哭的时候，我只想仓皇地逃开，我完全体会不到他的痛苦和挣扎，也无法理解他心底的绝望，那种认为自己为了家庭付出了全部心血却不得善终的绝望。

我开始不愿意接到他的电话，不愿意见到他，也不愿意他回家。

03 ///

后来，终于熬到了大学。高考自然是考得一塌糊涂。

他打电话来的时候，我哭得一塌糊涂。

他说，你怎么可能只考这么一点点分呢？你是不是答题卡忘记涂了？你是不是分数算错了？你去找老师重新查一遍分数好不好？

我自然是很清楚，我就是只考了那么一点点分。

那时候，我已经很久很久没有和他好好说过话。

只够得上三本的分数线，我妈不愿意花高昂的学费，有意让我去念个大专。还是他，再次跟我妈吵：考上了本科，怎么能去念大专。

我每天看着他俩不停地吵来吵去，觉得烦，很多次都想，不如算了，不要上学了，有什么意思？

到底是没胆，他送我去合肥上学，坐半夜十二点半的火车，乌泱泱挤的全是人，他嗯嗯地应着，看着他离开，才发现，原来他个子很小，瘦得惊人，看起来分外单薄。

那时候模糊地感觉到，他没有办法再保护我了。

我大二那年，他和我妈终于离婚。

说实话，那时候我和弟弟的反应都是，天哪，终于离了。好像争吵打闹了那么多年，我们姐弟俩开始对他们一年好几次的大动干戈失去耐心，只期盼着家里可以安静一点。

离婚后的他，开始变得暴躁，成天喝得醉醺醺的，喝醉了就在家骂人，他不骂我和弟弟，就追着奶奶骂，嫌弃奶奶做的菜不好，各种挑刺；还经常出去赌，明明打得一手臭牌，一天下来就几千块几千块地输掉。

我追着他跟他吵架，隔壁的爷爷说：丫头你别这样，你爸心里苦。

我恶狠狠地说：谁心里不苦？心里苦就可以日子不过了吗？一个大男人，怎么可以这样？不就是离个婚，有必要搞得这么丢人吗？

是，我觉得他丢人，全村人都知道他，因为离了婚每天只知道喝酒打牌，然后动不动就闹。

我一边骂他一边哭，还有点害怕，怕他突然过来揍我，他像个做错事的孩子，蹲在门口叹气，跟隔壁爷爷说：我们家丫头，以后肯定命苦，这么爱操心。

我大学的后两年，跟他几乎不大联系，受够了他没完没了的抱怨和诉苦，不是在电话里骂我妈，就是骂我外婆嫌贫爱富，再不，就是骂我和我弟没有良心，都看不起他。

一个辛苦大半辈子的男人，面对一次婚姻的失败，开始否定自己的整个人生，他所有的狼狈不堪和愤怒，好像除了我，也没有其他人可以说。

于是我开始不接他的电话，在家的时候也尽量不接他的话茬，他开始愤怒，以不给我学费和生活费要挟，那好，我不要，我自己去申请助学贷款。

我们好像在进行一场不动声色的战争，我也不知道，这样漫长的战争消耗掉的，是他对我的在意，还是我对他的依赖。

我只想远离他，也远离我妈，我不想一日日活在那样似乎看不到尽头的黑暗里。

接到他重病的消息的时候，我刚拿到毕业证，第一份工作试用期才过了一个月，我甚至怀疑，这是他在骗我，因为我不理他，所以他撒谎想要吸引大家的注意。

然后的几个月，过得仓皇缭乱到我几乎不大能想得起来。辞职，回家，带着他从家到合肥又到南京，他去世，奶奶瘫痪，我开始在家重新找工作，搬去和妈妈一起住，又辞了工作到北京……

过了好久好久之后，我才后知后觉地意识到，他真的不在了。

好像被人偷了所有心爱玩具而自己却是最后一个发现的孩子，我哭了一次又一次，再次见到的，是周围所有人都跟我说：爸爸不在了，以后你要照顾好弟弟和奶奶。

我张皇失措地在心里想：那谁来照顾我呢？我不会照顾别人啊。

04 ///

很长的一段时间里，我不能原谅自己。觉得自己没有来得及跟他和解，没有来得及告诉他，我从来都不怨恨他，我没有真正嫌弃他，我只是不知道，该和一个跟我印象里完全不一样的他如何相处。

去年冬天，我去做过一次心理咨询，哭得一塌糊涂。我说：我真的觉得很后悔，在他最软弱最无力的时候，我除了远离他，只想把他推开，什么都没有为他做。

心理咨询师告诉我说：没有关系的，因为在他眼中，你还是个孩子，他并没有期待你像个成年人一样给他足够的力量和安慰，对他来说，你的存在本身，就是安慰。

我知道他不会怪我，一直怪着我的，是我自己。

这几年一直都是一个人，一个人找工作，一个人找房子，一个人在城市里来来去去，一个人解决所有的事情，一个人的孤单心事从来都无处可诉。

有时候觉得特别累，有时候会遇见一些困难，有要搬家却凑不齐房租和押金的时候，有工作中遇见麻烦自己却搞不定的时候，有被人误解被人黑被人大规模骂的时候……

无论哪一种时候，我才发现，原来再也没有一个人会听我说这些了，没有人会在我有需要的时候一边骂我一边替我解决问题，也没有人在我心情不好的时候任凭我发脾气然后嗔怪我说这个丫头以后怎么能嫁出去，哪怕感到再绝望再无力也没有人会跟我说没关系本来也不指望你怎么样啊大不了回来嘛……

跌跌撞撞地过了好久才肯承认，这条路，只能自己一个人去走了，无论我怎么频频回首张望，身后也再也没有人等我，闯了祸不会有人原谅我，犯了错需要自己去弥补，不再有人能够撒娇。

还是会经常冒冒失失，还是会幼稚又冲动，可是有时候我也会忍不住想，他看到我现在，会不会觉得高兴，我能够做自己擅长的事情，能够去出一本书，能够一个人在外面照顾好自己，有几个朋友，有一点点钱，没有成为他想象中那个没用又只知道发脾气的坏丫头。

也许他会觉得有点失落吧，原来我没有了他，也过得还不错。

可是他从来都不知道，我最难过的是，自从他不在了之后，我再也没有办法做个孩子。

在他病到快要神志不清的时候，有一天夜里，我坐在他床头睡着了，听到他和表哥说：以后我不在了，我们家丫头这么老实，会被人欺负的，可怎么办?

我背过身去，不敢哭出声，怕被他听到，假装睡着。

在后来的很多个日子里，觉得自己过得辛苦又委屈的时候，都会想起那个晚上，然后默默对自己说，没有关系的，我没有那么笨，我不会过得不好，不能叫他放心不下。

所以，要再撑一会儿，再努力一点，做得再好一点，不能输，不能掉眼泪，不能回头看。

奶奶的被窝

立秋一过，北京就是一场秋雨一场凉了，这几日与人见面打招呼说的都是：哎呀，看样子，是真的秋天了呢。穿着平日里的短裙和短裤，竟是有些凉飕飕的感觉了。

昨晚睡在凉席上，半夜里被冻醒，睁开眼，被子被我滑落在地，电风扇呼呼地转着，在静静的夜里发出缓慢的声响。

咳嗽着起身，捡起地上的薄被，重新躺回到凉席上，辗转了好久，却怎么也睡不着。

小时候，因为妈妈奶水不够，我从很小很小开始就跟着奶奶睡，被奶奶用米糊米汤一口一口喂大。

奶奶总是很疼我，幼儿园的时候，只有我一个人离学校最远，每次带着饭盒去学校，到了中午的时候，老师就牵着我的手回家，给我热饭。那时候家里不大有机会吃到肉，奶奶便总是在饭盒里偷偷舀上一大勺猪油。

小时候家里养了很多鸡，奶奶总是把鸡蛋留着，炖鸡蛋羹给我，黄灿灿的一小碗，护着短，不让别人碰，只给我一个人吃，她说，丫头身体不好。

及至现在我都觉得，猪油炒饭和鸡蛋羹，是天底下最好吃的食物。

记得一个下雨天的下午，我还在上最后一堂课，一扭头，却发现窗口上，奶奶正笑着看着我，见到我扭过头，她忙指指黑板，让我好好听课。那一堂课，便在淅淅沥沥的雨声当中，变得格外漫长起来。

好不容易熬到了放学铃响，我赶紧飞奔出去，嗔怪着问奶奶："怎么这么早就来了啊？多等了这么久呢！"奶奶笑起来："我看天黑了啊，以为你放学了呢。"我说："奶奶你好笨啊，下雨的时候天都是黑的啊。"奶奶只是把伞递给我，替我背过书包，一起走进雨里，拉着我往家走。

大概是小时候营养不良的缘故，我一贯畏寒，睡觉又不老实，特别爱蹬被子，为此，奶奶想了很多方法，比如，拿绳子把我脚捆起来，在我的被子上压上好几层厚大衣厚棉袄……然而，每次睡熟了的我，往往一个翻身，就会把被子直接踢走。

到后来，奶奶便养成了习惯，每晚都会醒好几次，然后摸摸我的身上，看看被子有没有老实待在我身上。很多次，我睡得迷迷糊糊，都能感觉到奶奶的手从我的肩头越过，替我掖好被角。

到了冬天的晚上，奶奶便早早地上了床，抱着热水袋睡在我平日里睡的那一边，等我做完作业，带着满身寒气钻进被窝的时候，就把焐暖了的被窝让给我，然后再把我冰凉的手脚拉进她怀里。

整个小学时期，我虽然身体不好，却很少感冒，奶奶总是会将我照顾得妥妥帖帖，每次换季的时候就早早地帮我把更换的衣服准备好，每天早上我起床，总是会看到叠得整整齐齐的衣服放在床头。我穿衣起床，直接去吃她做好的热气腾腾的早饭，然后再让奶奶给我扎两个精神的小辫子，欢喜地去学校。

有时候，姑妈们会来家里，打算接奶奶去她们家住几日。奶奶每次都拒绝，说："我哪儿都不去，我们家丫头要上学啊。"

这样的日子，一直过到初中我离开山村去往镇上念书，那时候，开始住校。

刚开始的时候，几乎是每天晚上都会被冻醒，睡到一半的时候，爬起来到处找被子。那段时间，几乎一年四季都在感冒，病怏怏的。我花了好久好久，才适应了没有奶奶夜夜替我盖被、日日给我准备好换洗衣服的日子。

到后来，总算在一次次大把大把吞药丸和一瓶瓶吊水中学会了留意天气变化，学会了晚上睡觉尽可能老实，学会了自己一个人照顾自己。

再到后来，我去县城念了高中，去了省城念了大学，又三番五次地辗转来到了北京，离奶奶越来越远，而那个我思念至深的家里，也只剩下了奶奶一个人在坚守着。

给奶奶打电话，年近八十的她，总是听不清我说什么，每次都只是重复着，她在家很好，姑妈们会定期回去看她，叫我一个人在外面好好的，不用担心她。有时候，她也会扯着嗓子问我："有没有找个人啊？你再不找人家，我怕是看不到你出嫁了啊。"

所有的小孩子，早晚有一天都会离开他习以为常的那个依赖，开始的时候是痛苦艰难的，可是到了后来，竟然也在这样的跌跌撞撞中总算学会了长大。

那么多年少的孩子，为了一个看不见的未来，离开最爱的、依赖最深的那个人，在另一个陌生的城市里生活着。

他们在一次次的跌撞和打击里，学会了掩藏寂寞和悲伤，他们知道该怎样去追寻自己想要的东西，他们固执地，不后悔。

可是，在这样一个清冷的夜里，听着外面恍惚的车流声，我还是因为想起了那个记忆里最暖的被窝，忍不住泪流满面。

有些爱，即使相隔千山万水，也割舍不了；有些温暖，即使以为自己刀枪不入，也忘记不掉；有些人，即使不在身边，也是你最深的牵挂和想念。

故乡和故人，都回不去了

【故乡】

我出生在一个山村。

所谓山村的意思就是，四面都是山，公路是盘山修的，一圈又一圈，车子开的时候，往外面一看，全都走在半山腰上。

在我很小的时候，村里只有一条泥巴路，一到下大雨的时候，到处流淌着的都是黄泥巴，踩一脚，跌一跤，就成了泥娃娃。

那时候去城里，要走很远很远的路，因为没有什么车，破破的中巴，好久才来一辆。

我上小学的时候，每天都要起很早很早，因为要走很远很远的路去学校，沿着那条细细的泥巴路。冬天的时候，往往会顶着一头的星星，还得拎着火桶。因为山里太冷，没有空调也没有暖气，不烤火简直无法过冬。

我那时候个子很小，还穿着又厚又笨重的棉袄和棉裤，背着大书包，总是走着走着就不小心摔一跤，看着红彤彤的炭火撒了一地，心疼得直哭。

有时候做梦，也会梦见小时候的冬日凌晨，一个人走在路上，到处都是结了冰的水坑，漆黑的天空上是闪烁着的光亮着的星星，走啊走，好像那条路永远都走不完，终于忍不住急得哭出来，惊醒的时候，满脸都是泪。

一步一步走在那条又黑又冷的路上的时候，会在脑子里恶狠狠地想：我要逃出去！我一定要逃出去！

那样刻骨铭心的执念，像是刻在自己心上似的，一分一秒都不能够忘记。

【故人】

我是奶奶带大的，从最小时候的一个肉团子，一点一点地给我喂米糊，到会走了给我穿衣服扎两根麻花辫，上学了每天天没亮就起床给我做早饭。一年又一年，从未耽搁过一天。

可是长大了之后，我却越来越不愿意回家，一年回去那么一两次，跟奶奶相对而坐时，也是不知道该说什么好。

在她反反复复地问着“怎么还不找对象，为什么要去那么远的地方上班”的时候，表现得不耐烦。

责怪她每天在家没事干也不知道收拾收拾屋子，到处都脏兮兮的，她年纪太大了，一个人住在老房子里，眼睛也越来越差。

爸爸去世后，她开始变得糊里糊涂，出门的时候不记得锁门，家里的锄头啊斧子什么的渐渐丢失。她不会开电视机，摆弄了几次以为它坏掉了就当成废品卖了五十块钱，说话颠三倒四，耳朵也渐渐听不见。

我有时候在家跟她大声嚷嚷，她总是像做错事的小孩一样蹲在墙角。

其实哪里是跟她生气呢？我也不知道我在对谁生气。

对我来说，奶奶是我唯一的牵挂。我常常会想起她，担心她在家会不会出问题；常常会害怕，害怕有一天，她突然就彻底离开了我。

有时候会狠狠地责怪自己的狠心，怎么舍得离开她那么远，万一……万一有什么事，怕是连最后一面都见不到。

可是现代的孩子啊，大都自私，再也不肯固守"父母在不远游"，宁愿承担着"子欲养而亲不待"的痛苦和失落，也一定要逃出去。

到底值不值得呢？

有一天，我们到底会不会后悔呢？

谁知道。我们只是不停地往前跑。

把那些故人都丢在身后，直到有一天，哪怕哭到死去活来，他们也再也不会回来。

我熟悉的那个山村依然静悄悄地存在着，修上了宽阔平坦的柏油路，然而山村却越来越空，人越来越少，一些老人坐在门口晒太阳，只有色彩斑斓的鸟儿寂静地飞过。

也许有一天，自己真的再也回不去了。

也许有一天，那个融化在你血液里的故乡，再也没有人等你回去了。

你那么害怕孤独，为何还是一个人？

昨天早上九点半到公司，晚上写完最后一个封面文案发给设计，关上电脑去打卡的时候，刚刚好也是九点半。

你看，多么可怕，竟然可以在这间楼里，待上整整十二个小时。

是真的那么热爱工作吗？

其实真相不过是：哪怕是走出办公楼，除了回到出租屋，也并没有什么地方可以去。

在办公室里，好歹有同事可以说说话。

没有感觉孤独吗？

有，当然有，甚至有时候我怀疑，每时每刻，我都在与孤独做徒劳的抗争。

孤独，大概是独自在外漂泊的人，每天都能够体会到的、最真切的感受。

连生活用品的购买也更愿意通过网购解决，因为无法处理一个人从大超市出来，拎着满满当当的购物袋却根本提不动的无力感。

每天和我说话的，除了同事和室友，大概只有快递员和外卖送餐的小哥。

在家窝着的一日三餐，几乎都是外卖解决，连叫一杯星巴克，也可以掏出点单APP，甚至熟悉到外卖小哥会问我，需不需要帮我把垃圾带下楼。

越来越不愿意出门，连逛街都懒得去，除非必要的活动和应酬需要参与，大部分时间都待在家里，看书做笔记写东西整理公众号内容，有时候会看一部漫长的电影。

觉得倦了，就起身倒杯水，逗逗猫，给窗台上的多肉们浇浇水。

小猫趴在我腿上，是绵软的一团，触手过去也是踏实的温热感，也没有什么是不满足的。

有人给我发微信，说一些无关紧要的小事，我回了一句：“嗯，我才刚下班正在等公交。”之后，就倦极地靠在公交椅子上开始打瞌睡，他后来又说了些什么，我没有再看，第二天再想起的时候，已经失去了回复的兴趣。

微信上大部分经常沟通的好友，都是因为工作，好像只有工作伙伴才会让人产生不得不打起精神回复的欲望，而那些曾经相熟的人，都因为一次两次的忽略，慢慢地失去了联系。

有时候也会觉得可惜，为自己的冷漠而忐忑，可是转瞬就想，那么忙，真的没有力气像往常一样，陪人说无聊的八卦，花整整一个小时，挑选哪件大衣更好看。

每天都感觉很累很累，那么多事情没有做完，那么多未完成的工作事项，对耗费精力维持人际交往这种事，开始越来越失去兴趣。

就这样，慢慢地变成了一个人。

一个人上班下班，一个人出门去跟人谈合作，一个人去书店，一个人去咖啡馆，一个人去看一场小众的电影。

经常收到留言，你总是一个人，不害怕孤独吗？

害怕啊，怎么不害怕？可是，又能有什么办法呢？

我们好像都已经习惯了在孤独中来来去去，却完全对它失去任何抵抗的勇气。

躺在床上反复刷着已经没有任何新鲜事的朋友圈和微博，给人点赞，在评论区互相逗趣吐槽，好像跟你们很熟的样子，却不愿意花费时间约人出来简单地吃个饭，聊上几句。

拜托，大家都很忙，北京那么大，吃个饭都需要来回奔赴好几个小时，不是天大的面子，谁愿意出门？

你那么害怕孤独，为什么总是一个人？

也不是不想谈恋爱，可是总不能不了解就恋爱，可是了解一个人那么麻烦，想来想去，还是一个人比较省时省力。

前世的五百次回眸，换来今生的擦肩而过。

那是因为古时候人烟稀少，能够擦肩而过，已经是莫大的难得。

而在这个数百万人口的大城市里，每天从你身边经过的，只怕就数以万计，就算是迎着面撞上了也不过是匆匆一句“对不起”，就消失在茫茫人海中。

我们能够去认识一个人；

能够在认识的人当中，选择一个你对他感兴趣他也对你感兴趣的人；

能够在互相感兴趣之后，经历十来个回合的试探和交流，确定彼此心意最终走到一起的人；

真的很少很少，这个概率，也许并不比买一张彩票中得五百万要高。

也有人劝说，你不要总是等，好男人是要去追的呀，见到感兴趣的，就赶紧下手不要犹豫。

可是呀，这个年头，遇见一个“单身+直男+有好感”的男生，也并不是那么容易呢。

曾经看过一部日剧，叫《我无法恋爱的理由》。

里面有句话，是咲教训惠美的时候说的：“像你这种人，根本就是内心高傲得要死，你觉得自己很好吧，所以从来不愿意去取悦别人，你觉得好好化妆打扮讨男人喜欢很可笑吧，你觉得不这样做也会有人喜欢你吧。”

看过无数的恋爱宝典，最终得出的结论是，男人喜欢的女生，大部分是好看、说话温柔、看起来善解人意的样子，而长相一般、经常咋咋呼呼、笨拙的我，实在是、确实是不知道该怎么去讨人喜欢。

可是，也不是在内心没有期待着，觉得哪怕是不那么好的自己，也会有人喜欢吧?

也不是不在想，为什么要去找一个需要自己努力去取悦的人呢?

难道就不能自然而然，因为对彼此的欣赏和接受，而走到一起呢?

可是，这好像真的很难啊!

喜欢的一句词：“众里寻他千百度，那人却在灯火阑珊处。”可是呀，我明明寻了很久很久，那人却不在我出现的任何地方呢。

或者说，也许他从我身边擦肩而过的时候，并没有认出我吧。

所以你看，我就只能选择一个人继续生活下去。

我总是在想，孤独是多么可怕的一件事，然而，既然我们宁愿选择孤独，也不愿意只是为了陪伴就去胡乱找个人，那么，也许在我们的心中，爱情是比孤独更需要谨慎对待的事情吧。

因为爱啊，是那么美好而珍重的事情，一定要找到那个你想起他就会笑出声来的人，那个哪怕只是跟他牵着手走在马路上就会有满满幸福感的人，那个你愿意为他穿越所有失眠的夜和崩溃的瞬间去执着等待他的人，那个能够让你的内心融化成一团小粉红的人。

所以呀，怎么可以随随便便对待，怎么可以因为害怕一个人吃饭一个人睡觉，怎么可以因为面对马桶坏了坐在卫生间里哭这种小事情就放弃呢?

愿我们
都能够与真正爱的那个人
一起入眠
我始终对爱心怀天真
固执地以为，能够抵抗孤独的
不是无意义的喧嚣和陪伴
而是你爱的那个人
就在你的身边
而是你爱的那个人的目光
刚刚好落在你的身上

到底是多孤独的人，
才会养两只猫？

“我不禁想，你一个人在北京，到底是有多孤独，才会养两只猫？”

这句话是我在朋友圈说自己养了第二只猫的时候，我的一个朋友给我的回复。

我的同事小美，看到我养了两只猫之后，充满担忧地说：“老妖啊，我真的很担心，你养了两只猫之后，就会距离找到男朋友越来越远了。”

一个人在北京，怎么可能不孤独呢？很多人劝我，要去找一个人，有人陪着，就会好很多。我当然知道，两个人会比一个人好。

很早之前，我发过一段话：“我总嚷嚷着要找对象，可是从来没有主动想要去勾搭谁，我害怕快餐爱情，害怕分开，害怕我最后认真了别人却只是敷衍。”

可是后来我才发现，我不是害怕谈恋爱，我是害怕任何人走近我，也害怕去认识和接近任何人。

曾经看过一篇文章，作者说意识到自己不喜欢太过亲密的关系：“每当我开始对一个人产生依恋之心，我很快就会同时产生很多似乎自己也说不清楚的负面情绪，愤怒的、失望的、厌恶的、烦躁的。这些感觉会很快让我不再感受到来自依恋的快乐和甜蜜，而想要疏远距离。”

一直以来，我都是同样的感受。所以，我习惯跟人保持疏远，也习惯从来不向人表达自己的感情，甚至习惯地对身边的人忽略和冷淡。

很小的时候养过一只猫，养了很多年，在我初中的时候，有一天，这只猫被村里的狗咬死，我哭了很久很久。后来家里一直有猫，我却始终不肯跟它们中的任何一只亲近，因为不愿意再一次承受那种看着它死在我面前的伤心。

到北京的头一年，穷得连自己都养不活，往往是房租交完了就没钱还信用卡，跟人在丰台合租一个房间，到了今年3月底，搬了家，换了家公司，薪水涨了一点点，虽然还是很穷，但到底能勉强养活自己了，心里总是想着，什么时候可以养只猫。

可是迟迟没有任何行动，我还是会害怕，害怕自己没有能力照顾它，害怕自己会对养猫这件事失去耐心，害怕自己的不负责任和忽略会伤害到它。

到了7月的时候，公司里新来的同事有天在群里说：“因为家里有宝宝了，所以要把猫送走，有没有人愿意养？”

我看了看那只猫，圆圆的一张脸，似乎很好相处的样子，就答应了下来。就这样，养了第一只猫——十七同学。

周六的时候，同事开着车带着她过来，在小小的笼子里装着，刚刚把她放出来，她就钻进房间里的衣柜底下不肯出来。

十七是只非常非常胆小且害羞的小女猫，她刚来的那天，在衣柜底下躲了整整一天，安静得仿佛感觉不到她的存在，到了晚上，才肯悄悄地爬出来，吃点东西。

十七对环境很敏感，刚到我们家的时候，各种不能适应，屋子里转来转去，不停地叫唤，不肯让人碰到她，除了吃东西，几乎都躲起来不肯见人。

可是慢慢养着，也渐渐地熟悉了起来，有时候我盘着腿坐在床上打字，她会走过来挨着我的腿躺下，有时候晚上睡觉，她也会睡着睡着就走过来，把脑袋埋进我的胳臂。

我跟十七的相处很融洽，她从来没给我惹过祸，之前很担心的一系列关于养猫的问题，她一项都没有发生过，就算她在我的桌子上绕来绕去，都知道避开我摆在上面的杯子等物件，从来不会把它们扔到地上。

我们大部分的时候都很安静，我窝在房间里做我自己的事情，她默默地躺在一旁，偶尔过来我身边，让我摸摸她，然后又静静地走开，像是两个非常有默契的老朋友。

而第二只猫——鹤子，比十七小很多，她到我们家的时候，大概才刚刚半岁。

也是同事送我的，之前还给过其他的同事，而他们放弃鹤子的原因很简单——这只猫实在是太调皮了。

她咬坏了第一个主人家的机顶盒，尿了他们家好多床被子，然后到了第二个主人家，直接咬坏了人家家里的沙发，在主人床上拉了一坨，还咬伤了主人家的姐姐……

送到我们家的时候，我的内心也是忐忑不安的。这只倒是自来熟，刚刚从笼子里放了出来，就撒欢地四处查看她的新领地。

然后她和十七打了整整一个晚上。吵得室友不得不说："如果她们继续这样打下去，你还是把小猫送走吧……"

最后，这只鹤子还是被送走了，因为她在我处女座的室友床上拉了一坨，还尿了一泡……当然，为了继续养她们，我不得不带着两只猫重新找了住的地方。现在想想，大概从我决定为了鹤子搬家的那一刻，这只猫，跟我之间，就有了无法割断的缘分吧。

搬了家之后的鹤子，继续肆无忌惮地尿床……于是我不得不买了新的床单，新的被子，新的褥子……然后她继续尿。有一次尿到我已经没有被子可以盖了，不得不抱着电暖炉过了好几晚上。

最后终于有人说，是不是该发情了？果然，做完了绝育手术后的鹤子，再也没有尿过床……

搬家已经两个多月了，也渐渐地习惯了跟着两只猫一直生活的样子。

她们俩也渐渐习惯了新的住处，有大一点的客厅可以玩耍，两只猫偶尔还是会打架，大部分时候都是各自玩儿各自的，在走廊里遇见，还会亲亲对方。

每天我下班回家，听到动静，两只猫都会昂起头，十七会慢悠悠走到我身边蹭蹭我，而小鹤子，大都是高冷地躺在她的窝里。

我习惯先摸摸十七，然后跟小鹤子说："鹤子宝宝，来亲一个。"她就会把脸伸过来，让我亲亲她。

两只猫性格迥异。十七喜欢安静，走路都是悄无声息，大部分时候都乖乖待在角落里；而鹤子，则永远都是横冲直撞的，一副走路随时都要飞起的样子。

在我们家鹤子尿床尿到我快崩溃的时候，很多人劝我说，把她送走吧。

可是那段时间对我来说，是不大好的一段日子。

因为压力大，又没有任何人可以向我提供支持，我时常会觉得害怕，半夜里会噩梦惊醒，总是忍不住会惶恐。这个世界上，真的只剩下自己一个人了，以后的路要怎么撑过去呢？我要怎么做，才能够让自己一个人生活下去？

很多个睡不着的晚上，一个人缩在被窝里哭。那只平日里看起来很高冷的小鹤子，却会走过来，钻到我的被窝里，把头靠在我的胳膊上，还伸出她的爪子，圈住我的脖子，我就这样静静地抱着一只猫，哭到慢慢睡过去。而那只猫，还会偶尔伸出舌头，舔舔我的泪水。

对我来说，怎么忍心把一只陪着我哭了很多个晚上的猫送走呢？

我不会把她们任何一只送走的。在和她们相处的这些日子里，我竟然发现，我对她们渐渐开始有了依恋，每天下班回来第一件事就是找猫在哪儿，在家的时候，也很习惯她们赖在我身边打呼噜。

有次跟同事一起吃饭，说起公司里的很多人，我都是一副非常茫然的样子："谁？我不认识啊。"

我有个同事，特别喜欢在公司溜达，见到感觉有趣可爱的男生女生，都忍不住要认识一下，还时不时就领着我去看一眼，然而我一个都没记住。

终于有一天，在我连续好多次听到同一个名字之后，我忍不住问："你说的是谁？"他大呼小叫着："你明明加了别人的微信，昨天别人还给你朋友圈留言点赞了，我们前天在电梯里还碰见人家还跟你打招呼了，你居然还不知道是谁？"

我是真的不知道。我不认识公司里大部分人，我不记得别人的名字，我需要见过别人很多次才能记住别人的脸，我习惯了每天都低着头走路，我甚至习惯了走路的时候贴着墙根。我不喜欢主动跟人聊天，不喜欢主动跟人打招呼，除非是工作上的必需，我不会有兴趣去认识任何一个人。

真正打算改变这种情况，是从养猫之后开始的。

很多时候，看着两只猫静静地睡在床尾，听着她们均匀的呼噜呼噜的声音，内心里是从未有过的笃定和踏实感。

我一直以为自己足够勇敢无畏，可以独自解决所有的问题，可以不需要人陪伴，在哭的时候把自己埋进被窝就好了；我也同样认为，自己已经把所有的力气花在了让自己好好活下去上，我没有多余的精力去关注别的人和别的事，我也压根不想让任何东西进入我的世界。

可是，在养猫的过程中，我突然发现，原来自己其实可以做到，去关注除了自己之外的其他事情，去给两只猫铲屎，给她们添加猫粮，换上干净的水，给她们洗澡，擦干净毛，在她们黏着我的时候，跟她们玩儿，对她们付出时间、精力和耐心，尝试着用一种也许有些笨拙的方式去照顾她们，甚至在面对所有的衣服都是猫毛这种事，也可以淡定地解决。

原来，不是我不可以，只是这么多年来，我从未尝试过。

原来，我不是缺乏爱别人的能力，我只是从来都没有试过。

下雪天里，给她们洗干净，仔细替她们擦干毛，看着她们挨在一起，那时候我才感觉，原来对别的事物付出自己的耐心、关爱和照顾，是多么有成就的一件事。原来被人需要，被人依赖，被人期待着的感觉，也是多么美好的一件事情。

甚至有时候我会想，要再努力一点啊，这样才能让我们家的十七宝宝和鹌子宝宝不会被饿死，才可以把她们照顾得更好一点。

对我来说，不是因为自己感觉孤独才会去养两只猫。

而是在养猫的过程中，我才慢慢意识到，自己似乎把自己关在一个人的世界里太久太久了。

那么，既然我可以去关心和照顾两只猫，那可不可以试着去多认识一些人，去多关注一些其他的东西，去尝试着在除了工作之外，为自己的生活做点什么呢？

在过去的那么多年里，我选择了一种将自己隔绝的方式保护自己，这确实在某种程度上保护了我，让我可以顺利走到现在，可是现在，也许我已经强大了一点，不再需要用那种极端的方式保护自己了，也许我可以试着把自己向这个世界打开一点点，去付出自己的热情和真心，换来一点我想要的温暖和依赖。

虽然，说实话，我觉得这对我来说会很难。我依然不大知道该如何跟人相处，更不知道该如何去认识一个人，甚至很多时候，都不知道该如何去回应一个人，可是在以后的日子里，我想要尽力试着去做出一点点努力。

我们用力逃掉的，
也许有一天还是会原路返回

我对西安很有情结。

当年高考的时候，考得很烂，一心想跑西安去。

哭哭啼啼地打电话给某人，他在那头哄我："去了西安，你以后只有馒头啃了。"

我说："真的吗？那我不去了。"

然后把志愿表的前三个都填了西安。

后来还是没有去成，因为分数实在是太低了，只能去本省的学校。

我愤愤不平地跟某人吐槽："我不管，我一定要去西安。你要陪我去。"

他说："好，我陪你。"然后很快，我们就没有在一起了。

过了好久好久，有一天，我坐在合肥的公交车上，收到他的短信：有一天我会陪你去一趟西安的，那是我答应你的。

我抱着手机哭了一路，然后狠狠地回复：不用了，以后我会自己去的。

后来，我到底也没有机会去一次西安，却总是想着，有一天，我一定会去的。

去沿着那里的老城墙走一走，去街头吃一碗正宗的西北的面条，听说那里有很多好吃的，听说那里的老建筑都很漂亮。

深夜里睡不着，翻冬子的这本《借山而居》。

他住的那座终南山就在西安，总有种莫名的熟悉感，我总是会忍不住地想，不知道他在终南山上，能不能看到西安城里的一角城墙。

很早就知道冬子，知道有个人花了四千块租下了一个院子的20年居住权，就这样住在了终南山上。

当时我的反应是：特么这人有病吧？

我出生在大山里，身边的海拔大概是五百米。

上小学的时候，每天六点起床，冬天的早晨，山沟里冷得瘆人，一边拎着火桶，一边顶着星星和月亮走整整一个小时的路，去赶每天七点十分的早读课。

无数次独自一人一步一步走在黑灯瞎火、到处是坑坑洼洼窄窄的马路上的时候，我满脑子只有一个想法：不管怎么样，我一定要离开这一座又一座的山。

比别的小孩更用功，更知道考更高的分数，因为从小就心知肚明，对于一个生在山村里的女孩子，除了念书，没有其他可以离开的出路。

我不想初中毕业就去念职业中学，然后去浙江、上海打几年工，然后回家听人介绍、结婚，在不到20岁的时候，就嫁到隔壁村，然后在岁月的消磨下，变成一个会站在马路上骂脏话的女人。

花了二十几年的时间，做过那么多张卷子，跟不愿意让我上学的妈妈吵过多少次冷战过多少次，才可以离开那座山，用一种在我看来较为体面的方式生活，怎么可能去理解，一个人从城市逃离，去山上隐居，每天过着喂猫、喂狗、喂鹅的日子呢？

对于山上的生活，我一点都不陌生。

甚至，我觉得我如果住在山上，肯定会比冬子擅长。

我去山上砍过柴，把小树枝贴着地面砍断，然后用葛藤捆成一捆背下山。

我去砍过竹子，然后用刀背一个一个地敲掉竹子的枝丫。

我去菜园里种过菜，大致知道什么季节该种什么，我还给那些菜浇过粪。

我知道山上的什么野果能吃什么不能吃，认识葛根的藤子，知道怎么把它们挖出来煮了吃。

我知道有些蛇有毒咬了会死人但是如果抓住了可以拿去卖钱，有些蛇没有毒咬了人没啥事但是如果抓住了可以炒了吃。

我还会摘茶叶，我们家有好几片茶山，我一直都认为，之所以我长不胖是因为从小喝茶。

我还会打猪草，知道马路边的野草什么猪爱吃什么猪不爱吃，然后拿回家剁碎，喂给它。

我还能分辨一些草药，知道哪些能采回家，然后铺在院子里，晒干，卖钱。

非常喜欢一部电影《小森林》，说的就是一个妹子逃离了都市，生活在农村里，靠着自己种菜，遵循自然的规律去生活的故事。

最近看的一本书——冬子的《借山而居》，和《小森林》有些异曲同工之妙。

常言道，靠山吃山，靠水吃水，如何利用山里的作物和季节的变迁来养活自己，对于曾经生活在山里的我来说，一清二楚。可是我依然不想生活在山上，因为感觉自己大概真的不大擅长这些体力活。可是冬子，在山上的生活，其实并不依赖这座山。

这座山，对他而言，并不是归宿，也不是供养他的地方，而只是一个他暂时栖居的地方。

冬子在书里说：“个人在群里生活，一定会被这种无力和尴尬不同程度地充斥着，虽然都是善意的，但想说的话又被迫咽回去，多了总是会堵塞，于是你就变得越来越沉默，越来越像个不合群的怪叔叔。”

看这本书的时候，我一直在想，他会在那座山上住多久呢？

又有多少人，会羡慕他的生活呢？

人们羡慕的，是他可以逃离城里的种种烦扰和失意，可以选择在山上构建一个自己的小世界，还是羡慕他可以任性地去过自己理想的生活呢？

会有人因为这本书，而选择结束自己目前的生活，去选择另外一种截然不同的方式吗？

这本书到底给了那些想要逃离却压根做不到的人多少安慰呢？

我好像做了一个梦。

梦见12岁的我，在某一个夏天的中午，从客厅里的水泥地上铺的凉席上醒来。

赤着脚穿过院子，穿过屋子边那棵很老的栗子树的一片阴凉，走到菜园里。

蹲下身仔细寻觅着，找到一个刚刚好泛白的香瓜。

然后再赤着脚走回来，打开从山上接到门口的水管，用泉水冲了冲。

塞进嘴里咬开，新鲜的汁水溅出来。

家里的那只猫蹲在门口看着我。

而那只脏脏的小狗，扑过来朝我哈着气。

院子里的鸡在专心致志地低头找着虫子。

远处是一阵又一阵不停止的蝉声。

还有飞过的有着蓝色长尾巴的鸟。

我看着天，天那么蓝，像是刻在回忆里的蓝宝石。

而飘在上面的云，像是一个不真切的梦。

后来，我长大了。这样的情景。再也没有出现过。

有时候我想，也许有一天，我还是会回去的吧。

回到那座山里，回到那个可以让我沉默地坐着看一整天的云也不会觉得腻的地方。

我们用尽全力逃掉的，

也许有一天，还是会原路返回。

只是，也许那时候，我再也没有可以回去的地方了。

冬子说："作为活着的个体，在这一小节微不足道的时间段里，又需要有意义地活一生，因为作为活着的个体，需要意义这个东西，让我在这短暂的一生里有存在的乐趣。我当然知道，只是我必须假装我想留点儿痕迹。"

我想，无论他以后会去哪儿，这段在山上的日子，都将是他生命中重要的一个痕迹。

而我，也很期待自己可以用我想要的方式，去在我的生命里留下一些痕迹。

后记

它是我温柔的铠甲，
也是我不肯示人的软肋

著名的英国作家毛姆，有一本书叫《作家笔记》，他用一种严格到近乎自虐般的方式，记下来所有他日常生活中的所闻所见所思所想，某个绝妙的想法，某句调皮话，某处美丽的风景，某个印象深刻的人。数年如一日，从不间断，这本书是他笔记的集锦，还只是挑选了其中的一部分。

每次我遇见写作中的一些挫折的时候，都会把它找出来翻翻看，被毛姆的刻薄逗笑，也为他细致入微的观察能力而赞叹，然而最叫我折服的，是他的那种对于一个写字的人需要付出的时间和精力的坦诚和执行力。

这两年，因为在网络上陆续发表文章，被一些人关注，有几篇文章得到广泛的传播，于是有很多人问：你为什么要写作？写作能给你带来什么呢？为什么可以一直持续不断地写着？

我想了很久，也许写作对我来说，并不是为了达到某种目的，而只是一种坚持了很多年的习惯，就好像吃饭喝水那么自然。

小时候考试，在贫穷而匮乏的山村里，能够找到的书本有限，爸爸只肯给我买作文选，厚厚的一本，恨不得每篇都可以背下来。

中学的时候，在学校住宿，每个月的零用钱，都一分一毫地攒下来买书，好几个星期才能买一本，买到那些心爱的书本的时候，满心里都是踏实。

小学的时候看美人鱼的故事，不喜欢她最后变成了泡沫消失，就自己编她和王子幸福地生活在一起的故事，然后说给同学听。初中的时候在作文本里写小说，每一次得到老师的夸奖，都会觉得很开心。

陆续写了很多年的日记，每一个本子，都被我细心保存下来。

大学的时候，宅在宿舍不愿意出门，大都是埋头看书，在网络上开连载，写言情小说，为了研究一个朝代的服饰和生活习惯，从图书馆抱来厚厚一本书来翻。遗憾的是，后来因为忙着实习和准备考研，就中断了。

爸爸去世之后，有一段时间很自闭，不愿意出门，不愿意跟人说话，时常走在路上，就有眼泪掉下来。

于是就去图书馆待着，走在一排排的书架里，看着新新旧旧的书，抽一本，翻一翻，不喜欢就塞回去，喜欢就带走。埋头在书堆里，一本接着一本看过去。

看得多了，还是察觉到了自己内心的躁动和不安，还是想要写点什么，还是想要让别人看见我写的东西。

想了很久，决定从杂志投稿开始，去学校门口买回一堆堆的青春杂志，挨个儿找投稿邮箱，然后慢慢地拆解别人的故事结构，尝试着去写，尝试着投稿——大多都没有回音，收到的也是寥寥，而且都是退稿。

我记得第一次收到稿件录用消息的时候，是2013年的冬天。坐在空调坏掉的办公室里，穿着厚厚的羽绒服打着喷嚏，QQ上弹出消息，领导就坐在旁边，小心翼翼地不敢表露出什么，心里却忍不住乐出一朵一朵的花儿来。收到样刊的那一天，抱着那本简陋的杂志不肯放手，忍不住看了一遍又一遍，真的是自己，是自己写的字。

后来，开始在网络上写自己对于读书的心得，记录自己随时的感受，竟然有了越来越多的关注者，也非常幸运地因此得到了工作机会。

离开老家去北京，做一份之前全无接触的工作。我的2014年，概括起来，只有这一段苍白却又仿佛闪着五彩斑斓的经历。

而此时，2015年都已经在不知不觉中接近尾声，这一年，我比往常过得更加辛苦，常常感觉疲惫，却也亲眼见证了自己缓慢而辛苦的成长。

签约了出版合同，却迟迟不肯交稿，我无法向人解释自己的惶恐和不安。是的，我害怕。在网络上被一些人关注，有人因为我的文字而喜欢我，也有人因为我的文字而讨厌我，从最开始的茫然和手足无措到后来艰难地接受所有的质疑，胆战心惊着的，始终是自己。

很多人问我，难道坚持写字，不就是为了出书吗？为什么迟迟不见你的书出来呢？

是，每一个写字的人，心中埋藏着的，都是一个无法泯灭的有关出书的梦想。然而等到这一天渐渐靠近的时候，我却开始逃避。因为太珍视，因为自己深知，那些字并不是随手写就。

无数个孤独的夜晚，加班加到所有的路灯亮起，等最后一班公交车回家。抱着包望着车水马龙的这个城市发着呆，它承载着我们所有人的光荣和梦想，我们不顾一切地来到这里，付出自己的所有，只为换得一个前途未卜的将来。

可是，那些生活中所有的苦涩和艰难，却没有人可以给予安慰。哭过一次又一次，巨大的恐惧还是如影随形，无处安放，那就写下来，一个字一个字地写，写自己对未来的期待，写自己每一天一点点的进步，写自己的快乐，也写自己的不安，写自己回忆里珍惜的那些人和事，也写自己生命中无法挽回的遗憾。

于我而言，敲下这些字，是为了安慰自己，为了支撑自己在这里孤独地战斗的时候不要倒下去。却不承想，它引起了很多人的共鸣，有人说我写得动人，也有人骂我鸡汤，有人说敬佩你的乐观积极，也有人骂我是正能量婊。

可是无论如何，这些文字，在这近两年独自一人的路途中，给了我太多鼓励，也给了我太多安慰，好像所有的不快和心酸都可以用自嘲的方式写出，也好像所有的动荡和不如人意都可以用鸡血满满结尾。也许有些人不会相信，这些文字，真的治愈了我很多很多。

它是我温柔的铠甲，也是我不肯示人的软肋，我坦诚自己的不安和困惑，也记录自己在挫折后的成长和教训，而庆幸的是，有越来越多的人可以看到我写的东西。

有时候也会感觉汗颜，因为写得好的人那么多，比我勤奋努力的人那么多，比我有天赋有功底的人还是那么多，我总是会被遇见的很多人的文字震惊继而感觉自愧不如。

很多时候坐在电脑前，一个字都写不出来，抱着咖啡杯在屋里一圈一圈地走，仿佛墙上的每一块砖头都在嘲笑我："你看这只鸡汤狗，现在连锅白菜汤都炖不出来了。"

这个圈子里，总有太多人天赋异禀，也总有太多人肯拼死拼活，还有太多人运气好到叫人咂舌，所以红的总是别人，而自己，却一直发展缓慢。

有时候也会感觉愤愤不平，焦躁里暗藏着对别人的嫉妒，到了最后，终于渐渐清醒过来，毛姆也不是一天就成为了毛姆，别人记下来那么多卷帙浩繁的笔记，随时在记录随时在积累，才可以出那么多好看的小说和大卖的剧本。

谁都想走捷径，谁都想不费多大力气就能取得成功，而写字，也许是最没有捷径可走的一条路。很多时候的困境不在于你会不会写，有没有什么东西可以写，而是哪怕你写得足够好、足够多，也总有比你更牛逼闪闪的人叫你束手无策。

你永远无法赢过别人，你只能赢过自己。我们能够做的唯一一件事，就是尽自己最大的努力去观察，去记录，去反复地斟酌，然后埋头写，不停地写。

于是后来，渐渐地有了越来越多的人知道我，有人给我发来消息，感激我的文字在某些时候鼓励到了他们。

开始有杂志编辑跟我约稿，再也不需要像以前一样对着一个个陌生的邮箱反复地发送自己的稿件。

开始有一些文章被陆续地收入到合集里去，有人把我的文字录成广播，还有人把我的文字改成漫画。

而我，也终于肯放下内心里所有巨大的不安和焦虑，开始认真地准备着自己的第一本书。

在反复的记录中一点点审视自己，也许有一天回头看这些曾经写下过流传或者未流传出去的字，我最欣慰的地方，是能够看到自己日复一日的成长，还有那些同我一起走过的人，我们共同的陪伴和相互安慰。

非常感谢这一路上遇见的所有人，谢谢你们的鼓励和安慰，也谢谢你们的陪伴和默默守候，这本书能够出来，于我而言，是极其幸运以及忐忑的一件事，无论它是否会畅销，我都会一直写下去，记录自己的生活，记录脑海里那些奇怪的想法，记录一个想了很久的故事，记录那些按捺不住的情愫。

2016年5月24日